QUANDO O AMOR INCOMODA

Dimas Roque

Coordenação Editorial: *Sálvio Nienkötter*
Editor executivo: *Claudecir de Oliveira Rocha*
Editor adjunto: *Daniel Osiecki/ João Lucas Dusi*
Capa: *Jussara Salazar*
Produção: *Cristiane Nienkötter*
Diagramação: *Caroline Costa e Silva*

Dados internacionais de catalogação na Publicação (CIP)
Angelica Ilaqua CRB-8/7057

Roque, José Dimas dos Santos .
Quando o amor incomoda / Dimas Roque - Curitiba : Kotter Editorial, 2022.
98 p.

ISBN 978-65-5361-102-3

1. Contos brasileiros I. Título

22-3039 CDD B869.3

Kotter Editorial
Rua das Cerejeiras, 194
82700-510 | Curitiba - PR
+55 41 3585-5161
www.kotter.com.br | contato@kotter.com.br

Feito o depósito legal
1ª edição
2022

Sumário

A Calçada

Naquelas noites quentes do sertão baiano do final dos anos 70, nos juntávamos todos na calçada da casa dos meus pais. E era em torno da minha mãe que nos reuníamos naqueles dias quentes de verão. Ela forrava à calçada com esteiras e nelas nos sentávamos e nos deitávamos. Muitas vezes, eu ficava com a cabeça no colo dela, ouvindo. Eram histórias de reis, de príncipes e princesas que ela contava, e do que ela contava emanavam até os perfumes das cenas. Eu ia a mundos que só a imaginação, filha dos pensamentos leves, conseguem nos levar.

Alguns outros meninos, filhos dos vizinhos, vinham escutar aquelas histórias também. Perdiam não. Quando mamãe não podia, por força do trabalho, atender nossos pedidos, arrumávamos brincadeiras que todos pudessem participar. Uma das preferidas nossas era a rouba a bandeira. Colocávamos dois pedaços de pau, um em cada extremidade da rua, em cima de um montículo de terra, que íamos tirando aos poucos até o mastro cair. Ao cair a bandeira era hora de pegá-la e correr a toda velocidade, antes de ser espancado pelo time contrário. Era uma festa! Outra brincadeira chamávamos de garrafão. Fazíamos um quadrado bem grande com duas entradas no sentido horizontal, uma em cada lado. Um pessoal tinha que alcançar a outra e tocar. Dentro, se podia ficar com os dois pés. Fora, com um pé só. Se fosse pego infringindo essa regra, a porrada era grande. E éramos felizes assim.

*

Era um Rei que tinha uma linda filha. Por inveja dessa beleza, ela foi transformada em uma gaivota, uma bela gaivota, naturalmente. Um dia um mago, que a encontrara no corredor do palácio, colocou um pequeno alfinete em sua cabeça, a enfeitiçando. Ele parecia querer acariciá-la, mas o intuito era o de transformá-la em algo que pudesse ser abatido por qualquer pessoa.

Descoberto, o feiticeiro foi preso e levado à masmorra. E lá está até hoje.

Avisado do acontecido, o rei saiu à procura de sua filha pelo palácio. Não a encontrando, ele autorizou que se fizesse buscar por todo o reino. E nada de êxito. Alguns dos garotos avistaram aquela ave e saíram em perseguição da linda gaivota. Eles não sabiam que era a bela princesa que voava pelos jardins do palácio e se escondia de todos entre as árvores.

Passaram-se muitos dias e o rei, já desgostoso da vida, mandou que fosse publicado em todas as aldeias um cartaz oferecendo uma recompensa para quem soubesse do paradeiro de sua filha. E em uma tarde de chuva, um jovem lavrador que ia passando pela taberna de sua aldeia, viu aquele cartaz com o desenho do rosto da princesa. Ele o arrancou e foi direto para casa. Chegou esbaforido e falou para sua mãe: vou procurar esta jovem. Nem atentou para a recompensa, mas sim em encontrar aquela jovem tão bela. Sua mãe riu, fez pouco caso. O jovem era desleixado, tinha a barba sempre por fazer, descuidava das roupas que vestia, muito menos se importou com riquezas. Não teria a menor condição de a encontrar, dizia a mãe. E, se por acaso viesse a acontecer, algo que ela definitivamente não acreditava, como que ele conseguiria reverter o feitiço?

De vários lugares vieram príncipes empenhados em encontrar aquela gaivota e tentar reverter o mau feitiço. A cada dia, chegavam ricos e mercadores em busca da gaivota. Uns traziam gaiolas, outros traziam alçapões, outros espalhavam alimentos pelos cantos do reino, mas nada de a bela gaivota aparecer.

Ao longe, a princesa, no corpo de gaivota, via cada movimento que era feito por tantos ricos. Mas nem um deles lhe chamava a atenção. Ela tinha medo de que, depois de revertido o feitiço, fosse aprisionada e não pudesse mais voar e viver livre, como vivia no palácio de seu pai. A liberdade era, para esta princesa, como o oxigênio que a fazia viver. Aprisioná-la seria como decretar a sua morte.

Um garboso rei viu de longe aquele pássaro branco na árvore perto do lago. Ele se aproximou devagarinho e falou com a gaivota:

– Eu não estou aqui para machucá-la. Vim porque seu pai prometeu que quem conseguisse reverter o feitiço a teria como esposa. E, de tão formosa que é, eu me aventurei pelas terras áridas do deserto em busca desse lindo rosto.

A gaivota ouviu distante as palavras do príncipe e teve a certeza de que ele não era a pessoa certa para mudar o que lhe acontecera, pois o feitiço só se reverteria se um verdadeiro amor a encontrasse. Não era a riqueza, não eram os presentes, não era um belo príncipe, não era algo assim que mudaria sua situação. Ela sabia que, além de tudo o que lhe pudesse proporcionar, o escolhido deveria ter o mais sublime sentimento de amor em seu peito. E naqueles moços ela ainda não encontrara. Por isso, permaneceria distante de todos. Vivendo isolada, por medo de ser aprisionada.

Na tarde de um domingo, José apareceu no palácio. Era aquele humilde servo do rei. Estava cansado da viagem que fizera. Foi direto para a mesa onde estava servida a comida. Se fartou de tudo o que pôde, até não mais aguentar. Estava satisfeito. E pensava dali não mais sair. Tinha comida farta, até que a princesa pudesse ser encontrada. Passados três dias sem que do palácio se ausentasse, o rei, informado da situação, foi ao seu encontro. Lá chegando, viu alguém malvestido, com uma maçã na mão direita, sentado em um banco na cabeceira daquela mesa grande.

– De onde vem, príncipe? Que reino deixou para trás para vir em busca de salvar a minha amada filha? Que riquezas tem para oferecer-lhe, caso consiga encontrar e trazê-la de volta para casa?

José suspendeu a mordida que estava dando na maçã. Ficou de joelhos e respondeu ao rei.

– Bondoso rei, eu não tenho nenhum reinado. Terras só quem tem é Vossa Alteza, e eu, junto com minha mãe, cultivamos feijão. Todo fim de safra, lá passa o cobrador de impostos e nós pagamos o que lhe devemos. Eu sou um plebeu, que após ver o cartaz em minha aldeia, resolvi vir também procurar pela princesa.

O rei não gostou daquela situação e mandou que sua guarda o retirasse do palácio. José foi colocado para fora, enquanto se ouvia risos e gargalhadas dentro do salão. Já fora, ele olhou para o rei que acompanhara aquela cena e disse:

– Meu rei, no cartaz não falava que eu teria que ser príncipe, ter terras ou riquezas. E de tão linda que vi a princesa, tive a certeza de que meu lugar era aqui para procurá-la. Do seu reino, não quero nada. De suas riquezas, não me apossarei de um grão de ouro. Mas tenha a certeza, meu rei, se a sua filha eu encontrar, a trarei de volta para o senhor.

Com aquelas palavras, o rei sentiu vergonha em seu rosto. Olhou para o chão e se virou de costas, entrando no salão se encontravam os ricos nobres e muito luxo. Mas o rei viu naquele homem algo que dentro do palácio não existia.

José olhou para o palácio em que antes entrara e de onde agora era expulso. Buscou um abrigo para aquela noite e decidiu que pela manhã partiria em busca da gaivota.

Ao acordar, bebeu um copo de água do pote da estalagem. Encontrou alguns garotos que brincavam na rua.

– Vocês sabem onde posso encontrar a princesa em forma de gaivota?

– Claro que sabemos. Respondeu o maiorzinho.

– Podem me indicar onde a encontro? Quero falar com ela, hoje.

Os garotos saíram com ele e o levaram até os fundos do palácio. Era lá que a gaivota todos os dias recebia comida para se alimentar.

– Espere que ela aparece já! Disse o menino.

Eles ficaram ali por mais de uma hora. E, de repente, como em passe de mágica, aquela linda gaivota sentou-se na grande árvore do jardim. Uma criada colocou uma grande bandeja com frutas para aquela gaivota. Antes mesmo de a princesa voar em seu corpo de pássaro, José foi até a bandeja e pegou uma maçã para comer. Ele estava desde a tarde do dia anterior sem se alimentar. A gaivota voou e tentou o acertar na cabeça. Ela estava tentando defender seu alimento.

José sorriu e perguntou:

– Princesa, não dá para dividirmos o alimento? Desde ontem que nada como e estou com muita fome em meu estômago.

A gaivota, sentada no galho da árvore, ficou olhando aquele jovem se alimentar. Ele já ia pegando uma laranja quando recebeu uma bicada na cabeça. Era a gaivota novamente a defender seu alimento. Ele ficou ali sentado.

Olhando para ela, e ela olhando para ele.

– Princesa, não me leve a mal, mas como eu poderia lhe ajudar? Me diga como, que farei de bom grado. Não quero nada do seu reino. Vim aqui porque queria vê-la. Vi seu rosto no cartaz, e nunca havia visto tão lindo rosto. Nada espero do rei, nem de sua riqueza. Só quero ter o prazer de um dia poder dizer que vi o seu rosto tão lindo.

Como a gaivota não lhe respondeu, José levantou-se e se afastou, para que ela pudesse se alimentar.

De longe, ele a olhava. Quando ela terminou, voou para distante. E ele retornou para perto do palácio.

No dia seguinte, ele não precisou mais da ajuda das crianças. Acordou e foi direto ao local onde era colocado o alimento. Ficou distante, olhando. Viu quando foi deixado. Foi até lá e sentou-se perto. Ficou olhando para a comida. Não pegou nada desta vez. A gaivota, que chegara pouco antes, ficou a olhar aquela cena. Não entendia a razão de ele não teria pegado nada pra si. Ele levantou e já ia embora, mas sentiu um vento em seu ombro esquerdo: a gaivota se sentara nele. Passou sua cabeça no rosto de José. Ele sorriu, a pegou e se sentou ao lado da bandeja. Cortou frutas e a alimentou no bico. Já farta, ao ver José vindo com mais alimento, a gaivota recusou. Era a vez dele. Mas ele não quis se alimentar. Ela, com seu bico, empurrava o alimento para ele. Mas José não queria.

– Princesa, hoje, quando sentei aqui, lembrei-me de minha mãe, que está em casa sem alimentos para saciar a sua fome. Não é justo que eu possa me fartar enquanto ela sente fome. Não é justo que poucas pessoas possam ter muito para se alimentar enquanto milhões passam fome em seu reino. Eu vim aqui para encontrar tão bela flor, mas encontrei tamanha contradição. Voltarei para o meu canto. É lá onde eu devo ficar.

Naquele instante, uma lágrima rolou do olho da gaivota. Ela roçou sua cabeça novamente no rosto de José, que sentiu algo o incomodar. Ele a pegou, colocou-a no chão, passou sua mão com cuidado na cabeça da gaivota para sentir o que o espetara. Com os dedos, procurou algo e encontrou um pequenino alfinete que a incomodava tanto. José o retirou, e viu surgir em sua frente uma linda mulher, como nunca vira. A mais bela entre as belas.

Mais linda do que a imagem que ele tinha visto no cartaz. Os dois ficaram de pé. Ela o abraçou com carinho e lhe agradeceu. Beijou o seu rosto. Foi quando a serva, que vinha buscar a bandeja, a viu e gritou.

– A princesa está viva, ela voltou!

Correram todos ao seu encontro. O rei a abraçou. Levou-a para dentro do palácio e mandou que fosse feita uma grande festa para comemorar o seu retorno. José ficara fora do palácio. No tumulto, foi barrado. Como todos os plebeus, ficou de fora da festa que o rei ordenara dar.

Já dentro do palácio, o rei perguntou a ela:

– Quem destes conseguiu reverter o feitiço, minha filha? Ela olhou para todos os lados e não viu aquele rosto que a ajudara.

– Nenhum destes, meu pai!

O rei ficou confuso. Se todos os príncipes estavam ali, quem então seria o felizardo que teria a honra de se casar com sua filha e assim juntarem os reinos?

– Meu pai, o príncipe que retirou o feitiço de mim, que me trouxe de volta para casa novamente para conviver com todos vocês, não tem nenhuma riqueza, não mora em palácios. Na verdade, meu rei, ele tem fome, fome de comida, fome de liberdade, tem amor no coração, como nunca havia visto antes em uma pessoa. O príncipe a quem o senhor irá conceder a minha mão responde pelo nome de José e é morador de uma vila em nosso reino.

O rei quase desfaleceu, mas se apoiou na cadeira do trono e ficou calado, sem saber o que dizer. Passado aquele instante de surpresa...

– Que tragam o homem que terá a mão da minha filha!

Procuraram por todo o palácio. Procuraram pela vila do palácio. E nada de encontrar José. Ele havia ido embora, assim como chegara ao palácio. Livre como uma gaivota a voar.

A princesa chorou, pois não conseguiu rever o príncipe em quem ela vira a mais linda forma de amor no coração. Ela prometeu que um dia o iria encontrar. Mesmo que levasse todo o tempo do mundo, o seu amor ela iria encontrar.

E era assim que minha mãe terminava essa história. Todas as vezes em que contava para aquele bando de crianças sentadas na calçada da minha casa na Rua Duque de Caxias, em Paulo Afonso, lá na doce Bahia

A Cama

Sabe quando você chega em casa cansado de buscar trabalho? Esgotado feito um condenado depois de um dia estafante em que ainda teve aquela discussão com o chefe daquela empresa que não gostou do seu currículo só porque você informou que está a um ano desempregado? Ou mesmo daquele papo que teve com os amigos e amigas no bar da esquina onde vocês sempre se encontram para tomar aquela bebida gelada que nunca falta? Bom, então você vai entender do que estou falando!

Depois deste dia estafante e cruel, você vai tomar aquele banho morno para dormir, pensando que esta noite será a mais bela de todas que você já viveu. E que amanhã tudo será diferente. A água lá atrás é só para ilustrar, porque a que aqui desce é um gelo só. E seu corpo em frangalhos de não fazer nada. Claro, não é porque você não procura um trabalho, é que ele nunca o encontra. Você saboreia aquele pão que ficou da manhã e seu amor guardou especialmente para esta hora sagrada. Ao som do ovo estrelado na frigideira com uma margarina qualquer. Este é o seu dia de sorte amigo. Após longos minutos sentado à mesa, imaginando os problemas do mundo e vendo todas as soluções que você poderia dar. Em seguida, e não tendo mais o que fazer, seu corpo é colocado para descansar naquela cama que mede dois metros e vinte de largura por três e dez de comprimento, você pega o travesseiro com o maior carinho que pode dispensar a um bem material. Depois, cobre seu corpo cansado com aquele lençol com cheiro de amaciante que só sua esposa sabe lavar, com aquela máquina que lhe custou os olhos da cara.

Alguns minutos depois de seu corpo estar exposto e pronto para dormir, ela chega e cola em seu corpo como se fossem um só. Neste instante, todos os metros de colchão não servem mais para nada. Você fica restrito a trinta centímetros na beirada da cama, quase caindo. Agora, vá e peça para ela para ir um pouco mais para trás. Faça essa desfeita e a resposta de todas será sempre a mesma:

– Você não me ama mais?

Sua noite acabou de acabar. Não adianta você explicar que é só o cansaço, que você só quer um pouquinho de espaço na cama e nada mais. Pior se, por algum deslize, sua boca comete o pecado de pronunciar:

– Meu amor, não tem ninguém, é que...

Pode parar, você deu todos os motivos do mundo para que o resto de sua noite seja um tormento. Preste bem atenção ao que vou lhe dizer e guarde para sempre este conselho:

– Nunca, mas nunca mesmo, abra a boca para se justificar para sua mulher de algo que ela nunca vai compreender. Elas nunca perceberam as nossas necessidades. A importância de uma noite com as amigas.

Retire o final da frase e coloque:

– ... com os amigos. Que é para não complicar mais isso.

O sono é desesperador e aquele choro que nem faz barulho e nem fica calado incomoda que só a zorra. Já são duas e meia da manhã e o que você continua ouvindo? A voz dela a falar que você não compreende o amor que ela tem por você.

– Meu amor, não é isso...

Que você prefere os seus amigos. Aqui, tomara que ela não lembre que algumas dessas pessoas são do sexo feminino. Lascou tudo se aquela sua amiga de infância, mesmo nunca tendo lhe dado a menor bola, tiver o nome envolvido na peleja.

– E aquela sua amiga, a Cida, estava lá também?

Deste momento em diante, você compreende. O melhor que você faz é ficar calado. Meu amigo! Tentar explicar algo que não convence é pior do que fazer de conta que ele não lhe pertence. Eu sei, é difícil, mas não custa nada ficar de boca calada. A noite pode terminar com você ocupando um pouco mais da cama e aquele sono que você estava sentindo pode até retornar. No mais, tenha a certeza, esta é só mais uma briguinha de casal e, quando você estiver disposto – você não é máquina, assim como eu não também não sou –, tudo voltará ao normal.

Mas se na manhã seguinte ela ainda vier com a mesma conversa, seja homem, tome uma atitude, se imponha, pegue o que restou de cópias do seu currículo e vá à luta, mostre a ela que você é o homem da casa. Não se esqueça de voltar mais disposto nesta noite ou o vizinho pode querer tomar seu lugar.

A Desculpa do Dia

Uma das frases mais significativas de que eu tenho conhecimento na música brasileira foi pronunciada pela maravilhosa Rita Lee: "mulher é bicho esquisito..."

Pode parar por aí que o texto já dá grandes informações da penúria por que passa o homem. Verdade!

Já imaginou você com aquela vontade de dar prazer a quem você ama? Fazer com que ela sinta o grande amor que você traz no peito e que é só dela?

Tá lá você, firme e forte com o coração batendo descompassado, num ritmo alucinado. Em sua cabeça, nada mais ocupa espaço a não ser o pensamento de que hoje vai rolar aquela bimbada.

Você vai tomar banho e, dentro do banheiro, faz de tudo para não agredir o azulejo novamente. Agora você é uma pessoa casada, não precisa mais disso. Ao sair do banho e passar pela amada, deixa a toalha se abrir. Faz um ensaio de um strip. Mostra suas belas pernas de zagueiro de futebol de botão. E ela olha rápido. Também pudera, está terminando de lavar as louças da casa.

Não desanime, meu amigo. Eu também não o fiz. Coloquei o desodorante de rolinho. Aí, o miserável ficou enrolado nos pelos da minha axila. Como dói isso. O perfume de domingo, hoje eu vou colocar, só para que ela saiba que tudo o que estou fazendo é para ela. Fiquei logo nu. Cueca nem pensar. Assim, a coisa rola mais rápido.

Ouço o meu bem vindo na direção do quarto. Olha pra mim como se não estivesse entendendo nada. Ela só está fazendo charminho, toda mulher gosta de se fazer difícil. Até aquela que nós escolhemos para viver eternamente. O Padre bem que podia tirar isto do rito do casamento.

Ela abre o guarda-roupas. Levei vinte e quatro meses para pagar ele. Quase fico sem dinheiro para meu refrigerante. Pega sua camisola rosa. Presente meu e com muito carinho. Do banheiro, só ouço o som da água caindo naquele belo corpo.

Levantei-me e fui dar uma olhada nela. Fiquei ali parado por uns segundos admirando minha bela mulher. Ela percebe que eu estava na porta do banheiro e dá um maravilhoso sorriso.

– O que danado tu tá adivinhando homem? Aquieta o facho! Eita palavras brochantes da zorra!

– Estou te admirando meu amor! Ela continua com suas brincadeiras.

– E é preciso ficar aí parado na porta com essa cara de abestalhado?

– Hã?

Pois é. Voltei para cama procurando um buraco para esconder a minha cara. Mas você acha que desisti? Você ainda não me conhece.

Deitei na cama e, em uma estratégia bem planejada, me esparramei no meio da cama. Ela para deitar teria que me pedir.

Ela já volta toda vestida na camisola. Estava de calcinha naquele dia. Era mais comum deitar sem ela. Aquele corpo cheiroso deita ao meu lado na cama. Levo o meu um pouco para o lado para que ela tenha o seu espaço. Vejo-a virar seu corpo. E não foi para o meu lado. Para mim, sobraram apenas as costas. Mas ainda não desisti. Ela está fazendo charme. Encosto meu corpo no dela com carinho. Seu corpo bem quentinho. Esse é o meu amor.

– O que é? Pergunta ela com sua voz macia.

– Amor! Estou com vontade...

– E é?

Agora vai!

– Hoje eu não estou bem!

– Mais o que está acontecendo, querida?

– Estou num daqueles dias!

– Novamente?

– E você pensa que mulher é máquina é? Que tem que estar pronta toda hora que o homem quer?

Nunca pensei nisso. Mas ela acaba de me chamar a atenção para este fato. Como uma estátua. Você já brincou disso quando criança? Fala! Já? Então já sabe como meu corpo ficou. Paralisado, sem a menor reação diante do exposto. Fiquei fazendo as contas na minha cabeça. Na semana passada, ela me falou que estava no período fértil. Bom não está na hora de ter filhos e entendi. Na semana retrasada, era uma tal de dor de cabeça que parece que nunca passa. Já comprei todos os tipos de analgésicos e nada dessa dor ir embora. Dia desses, encontrei os comprimidos em cima da geladeira. Acho que o meu grande amor tá esquecendo de tomar. Agora o que danado é, então? Com minha voz quase falhando, pergunto a ela:

– Mainha... Não ria, caro leitor. Continuo.

– O que foi agora?

– Coisa de mulher!

– Certo, mas não posso saber o que é mesmo? Posso te ajudar!

– Estou com cólicas! Mas que danado é isso? E é o mês todo esse negócio é? Parece que toda mulher passa por isto.

Os meus amigos já estão falando que não aguentam mais as desculpas de suas esposas. Eu acho que eles estão certos nisso. A minha, quando não quer fazer amor, não há nada que mude o pensamento dela. Não sei, confesso, se o que ela me fala é mentira, mas porque ela não pode arranjar outra desculpa para falar que não me quer.

Você pode me ajudar neste quesito. Faremos uma nova lista de novas desculpas e mandaremos para elas, assim não vai haver tantos constrangimentos do nosso lado.

Você quer saber se nós fizemos amor naquele dia? Basta você lembrar o que lhe aconteceu na sua casa. Qual foi a desculpa da sua quando ela não lhe quis?

Fico pensando o que passa pela cabeça delas quando nós é que não queremos.

A Festa

Acaba de começar a semana e já é segunda-feira, são 09h34m da manhã e ela me fala que no próximo sábado vai haver uma festa no clube da cidade. Perceba que serão sete dias o que separa o primeiro contato entre duas pessoas que se amam da data do tal evento. Por que eu falo isso? Porque você perceberá, ao longo desta narrativa, a tortura que é esperar esta extensa semana enquanto meu amor se prepara para mostrar para todos a nova dança que aprendeu com as amigas no salão.

À noite, ao chegar a casa dela sorrindo de felicidade, pois irei encontrar o meu amor novamente, ela abre a porta e me dá um beijo carinhoso. Apaixonado, como sempre digo.

– Eu te amo! Todas as vezes que falo isso para ela, é a mais pura verdade. Mas a sensibilidade feminina que todos nós conhecemos nas mulheres aparece nas belas palavras que vêm daquela boca maravilhosa.

– Tá lembrado da festa? Não vá dá pra trás agora! Já marquei com minhas amigas e todas vão estar lá!

Aí, você olha com cara de quem não pode dar uma resposta à altura da provocação. Sim, provocação. Ou você pensa que a vontade não é de dar as costas e ir para casa descontar aquele sono perdido no final de semana que passou?

Terça-feira, no trabalho, alguém grita.

– Telefone pra você! E eu pergunto.

– Quem é?

O sorriso no rosto do colega de trabalho denuncia quem está do outro lado da linha telefônica. Desloco-me até a mesa onde está o aparelho e, ao passar no meio da sala, todos me olham com aquele ar de "tá lascado". Naquele momento, você não consegue entender a reação das pessoas, isto só vai acontecer quando toda essa história acabar. Se é que acaba. Ao atender o chamado do meu amor, me derreto todo em carinho. Você sabe, quem ama perde a consciência do que acontece ao seu redor.

– Oi amor, você está bem? Estou com saudade de você, podemos almoçar juntos hoje?

A resposta vem logo em seguida, mostrando que eu sou correspondido.

– Claro meu amor! E ela emenda outra frase, mas bem poderia não ter feito.

– Amor... Que lindo a voz dela me chamando de amor.

– Que roupa você acha que devo usar para irmos à festa?

O que? Lá vem ela novamente com o mesmo assunto. A Festa!

– Querida, você pode usar qualquer coisa que mesmo assim ficará linda como sempre. Não fique preocupada com isso, eu gosto de você do jeito que você é. É besteira querer me agradar. Você já sabe que gosto do seu jeitinho simples de ser.

Melhor seria não ter dito isso.

– Mas é que minhas amigas vão comprar uma roupa nova só para ir ao baile e eu não tenho uma roupa que sirva para mim. Todas elas vão estar lindas, e eu? Eu vou com aquela que fui ao baile passado? O que vão dizer de mim? Que só tenho esta roupa!

O primeiro som de choro ecoa pela linha telefônica. Sem graça, pois todos os colegas de trabalho já tinham parado os seus afazeres e estavam me olhando com aquela cara de espanto. Viro meu rosto para a parede, tentando diminuir o som da minha voz para que as pessoas não ouvissem o que eu falava.

– Não chore, amor, quando eu sair daqui, nós vamos almoçar e depois se houver tempo, ainda hoje, passamos em uma loja e eu te compro um vestido novo. Nesta hora, não sei se a palavra "compro" serviu como remédio, o certo é que do outro lado da linha já não havia mais ninguém a chorar e só ouço uma voz carinhosa me fazendo juras de amor. Acho que foi nesta hora que me senti mais amado ainda e o meu amor por ela ficou muito maior.

Na quarta-feira, marquei de me encontrar com ela. O vestido que adquirimos no dia anterior precisava de uns ajustes. O corpo da minha amada é lindo, posso dizer a você que ele é perfeito. Lá estava ela me esperando. O amor é belo. Ao me ver, ela vem correndo com seus braços abertos e me dá um grande e forte abraço. Tentei me lembrar de outro que ela tenha dado e não me lembro de um tão bom assim. Não adianta insistir, não lembro. Ouço vozes ao redor. E estas eu conheço, são as amigas dela que também vieram para dar palpite no vestido. Não vou me alongar aqui, pois à noite estive na casa dela e, ao ser recebido, você já deve ter percebido qual foi a frase que ouvi. Não lembra? Lembra sim. Não insista para que eu repita. Tá bom!

– Estou nervosa, acho que esse baile vai ser o máximo. Hã? Você queria o que? Que eu repetisse a mesma frase? Não ia ter graça!

Chegou a quinta-feira. Pelo jeito, chega o domingo e parece que este sábado não vem. Ela acabou de me ligar falando que a costureira tinha errado algo no figurino do vestido. Fiquei pensando no que eu poderia ajudar e não cheguei a nenhuma conclusão. Trabalho com eventos e não lembro ter feito qualquer curso de alfaiate ou de estilista para dar minha opinião abalizada neste vestido. Mas lá vou eu ao encontro da minha amada. Avistei-a na entrada da loja onde tínhamos deixado o vestido. Parecia-me bem e eu não imaginava que o mundo estava para acabar naquele momento. De longe, ela parecia bem. Mas ao me ver chegando, ela caiu em prantos. Tá achando engraçado? Não? Imagine eu naquela situação em plena quinta-feira às 02h da tarde e em plena rua com alguém a chorar desesperadamente como se algo de perverso lhe tivesse acontecido.

– O que está acontecendo, meu amor?

Eu sempre com carinho para dar a ela.

– O meu vestido. A costureira acabou com ele.

Pensei comigo "a mulher deve ter cortado o dito cujo e jogado a nossa ida à festa no lixo". Comecei a gostar dessa costureira.

– Me fala o que realmente aconteceu com o vestido!

O meu tom de voz quase denuncia os meus pensamentos. Com seus olhos cheios de lágrimas e soluçando, meu amor continua a falar.

– Aqui do lado esquerdo. Ela deixou maior que o lado direito e agora vai ter que fazer tudo novamente.

Pensei, e deveria só ter pensado e não falado.

– Mas foi só isso... Mal terminei o que queria dizer e ela:

– Você também está torcendo contra. Quer que nada dê certo que é para não irmos à festa. Já tinha percebido que era isso mesmo que você queria. Qual é o jogo que vai ter no sábado? Quer sair com os amigos? O que está acontecendo? Quem é a outra?

Nesta hora, nesta hora é melhor pensar duas vezes antes de falar o que realmente vem à cabeça. É nesta hora que você tem que medir o tamanho do seu amor por aquela pessoa linda e maravilhosa que você conheceu já faz oito anos. Pego ela pelo braço e vou ao encontro da costureira e pergunto se tem jeito o vestido. A mulher acaba de me informar que o que aconteceu foi que uma costureira teria feito uma costura fora do lugar e que, enquanto estávamos na frente da loja, ela própria já teria consertado o erro da outra. Mais uma vez, o sorriso volta àquele rosto lindo. Vejo o vestido pela primeira vez no corpo de quem eu amo. Perfeito. Ela vai chamar muita atenção na festa. Peraí! Então, se ela vai chamar a atenção de todos, isso inclui os marmanjos! Tem algo errado nisso tudo, estou enfeitando presente pra vagabundo! Comecei a mudar de opinião quanto a ir à festa.

Chegou a sexta-feira. Já estou nervoso com essa bendita ocasião que não chega. Foi o único assunto entre eu e meu amor durante toda a semana. Falei para todos do trabalho que hoje não atendo telefone. Desliguei o celular. Tenho que produzir ou vou ser demitido da empresa. À noite, vou cedo para casa e caio na cama. Amanhã é o dia da festa e nada pode dar errado. Ela estando feliz, eu estarei feliz.

São 08h da manhã do sábado e já tem alguém batendo à minha porta. Ouço uma voz feminina. É o meu amor. Acordar a essa hora com minha linda é maravilhoso. Ganhei o dia. Quando abro a porta, recebo um beijo. O amor é lindo.

– Passei por aqui para lembrar que você deve passar em casa às 21h. Vou estar pronta te esperando. Acorda pra vida, meu amor.

Que palavras maravilhosas para serem ouvidas numa manhã de sábado e ainda com sono. Tenho a impressão de que este dia vai ser longo. São 13h e já com o celular ligado e carregado, que é para nada sair errado, recebo uma ligação dela.

– Amor, tá lembrado da hora? Respondo que sim.

– As meninas estão perguntando se dá pra passarmos na casa delas para irmos juntos a festa. Paro uns segundos e...

– Sim, meu amor. Faremos como você quiser.

São 19h e mais uma ligação. Já estou com os nervos à flor da pele.

– Amor, a que horas você vem mesmo?

– Na hora que você pediu! E ela emenda.

– Que horas mesmo? Acho que ela tá querendo me testar para saber se eu me lembro do combinado. Nesta, ela não vai me pegar.

– Às 21h, querida. E ela.

– Ainda bem que não esqueceu! Ufa!

São 20h30m e agora quem faz uma ligação sou eu.

– Amor, eu já estou saindo daqui, você está pronta?

– Não, querido, passe antes na casa das meninas e depois você vem me buscar. Assim, quando você chegar, eu vou estar prontinha para irmos à festa. Percebi que nessa festa vou ser só um acessório e não estou gostando disso. Passei na casa das amigas e nenhuma das três estava pronta ainda. Como não tinha aonde ir, fui à casa do meu amor como combinado durante toda a semana. Ao chegar, toquei a campainha e quem vem me receber? Ela, meu amor... Que ainda nem banho tomou, nada de cabelo pronto, nada de estar vestida com aquele bendito vestido que me deu uma tremenda dor de cabeça durante toda a semana. Com a voz em tom de desaprovação. Isso mesmo, imagine ai um tom ríspido, dos que você faz quando perde a paciência com o seu amor. Foi desta forma que me dirigi a ela.

– O que aconteceu que você ainda não está pronta? E ela.

– Você chegou cedo demais!

– Eu o quê? Nesta hora, novamente, o melhor que você deve fazer é pensar naquele livro de autoajuda vendido no camelô por R$ 1,99 e que você tem na cabeceira da sua cama e lê todas as manhãs antes de sair para o trabalho. Ele agora lhe será de grande ajuda. Não perca a cabeça, afinal, na sua frente está a mulher que você quer para toda a sua vida. Ou que vai fuder a sua vida.

A Garota Frígida

Já fazia dois anos que eu estava morando no apartamento da Avenida Getúlio Vargas em Paulo Afonso, na Bahia. Todos os dias era trabalho/casa, casa/trabalho. Eu até já tinha me esquecido de como era fazer sexo. Saía logo pela manhã, e à noite, o cansaço me abatia. A rotina me levara a me acostumar com banho, lanche, jornal na televisão e dormir no sofá. Mas, como vocês sabem, um dia sempre acontece algo diferente na vida de um pobre mortal abandonado. E foi isso que aconteceu.

Eu estava chegando em casa, e ao tentar abrir a porta do prédio, uma garota passou na minha frente. Foi o suficiente para ela esboçar um sorriso, e eu acordar daquela rotina, assim como um fósforo ao ser aceso. Ela parou mais à frente, sorriu novamente e eu dei uma piscadela com o olho esquerdo. Por que o esquerdo? Para registrar que sou militante de esquerda. Tu não és? E eu com isso? Seguindo a narração da história. Dois dias depois, novamente a garota apareceu no horário da minha chegada em casa. Muito tempo depois, fiquei sabendo que ela me esperava para suscitar os encontros. Foi quando no novo encontro peguei no braço dela com carinho. Ela sorriu. Uma semana depois, estive em uma mercearia e lá a vi trabalhando. Ela olhou e me pareceu nervosa por minha presença naquele lugar.

Um dia depois, estávamos namorando. Dois dias depois, a intimidade já tinha se tornado mais apaixonante. E foi assim durante três anos e meio. Após este tempo, eu senti que o amor continuava vivo, mas a libido dela já não era mais a mesma. Eu percebi quando em uma noite eu estava esperando o meu amor em casa e ela chegou quando o sol já se escondia por trás do prédio. O jantar já estava na mesa. Homem é romântico por natureza. Elas que sempre querem mais do que podemos dar. E naquele dia, a mesa estava farta. Tinha pão doce, pão aguado, em outros locais conhecido como pão francês, café sem cafeína e manteiga. Queijo? Tinha! Mas só dava para uma pessoa. Adivinha para quem ficou? Se achou que foi para aquela linda garota, acertou. Nosso romantismo deve cativar essas mulheres sempre.

Passávamos dias juntos na sala vendo televisão. Filmes, shows e programas com informações culturais. Mas ela sempre teimava em ver novela mexicana. Eu sempre preparava algo para ela quando passávamos o tempo juntos: pipoca, picolé de saquinho, pão com manteiga bem assado. Coisas que a agradavam todas as noites. Depois, na hora de dormir, nos deitávamos em colchões na sala e nos tocávamos como dois adolescentes em início de namoro. Foram tempos lindos que não voltam mais.

Tempos depois, ela começou a sentir muita dor de cabeça. E em muitas das vezes em que eu a procurava, ela estava doente. Um dia, quando eu já não mais me aguentava de tanto esperar, e fiel que eu fui, encostei o meu corpo junto ao dela. A abracei com carinho, como sempre fazia, beijei-a com muito carinho e como ela não disse, naquela noite, que estava com algum problema, eu a toquei. Mas antes, deixe eu contar uma coisa. Eu senti que algo estava errado. O meu amor não deu nenhum sinal. Estaria ela dormindo? Pouco provável! Eu a toquei, e nada. Continuei fazendo carinho, e nada. É verdade, eu não demorei para perceber que a pessoa que eu tanto amava já não me amava mais. E aquela frigidez dela não era nada mais do que a falta de sentimento que comungasse com o meu. Ela estava errada? Não! Eu errei ao insistir com ela? Provavelmente sim. Hoje, depois de muitos anos do ocorrido, somos grandes amigos. Vez ou outra, quando a encontro, eu brinco com ela e a chamo de frígida. E ela sempre diz que eu não soube conquistá-la por mais tempo.

Abandonado por Você

Foram mais de três anos esperando por ela. E quando tudo parecia se resolver, novamente ela some do meu campo de visão, como se nada tivesse mesmo importado naquela noite em que pudemos, finalmente, estar juntinhos e vivermos todos os desejos confessados um ao outro.

Neste longo tempo em que a esperei, a vi ir e vir em minha vida. Na escola, era só uma garota que eu admirava. Nos encontros que se seguiram, foi a amiga que eu precisava para as minhas noites de insônia. E como ela conseguia me fazer sorrir, me fazer feliz, até os primeiros raios de sol.

Mesmo quando a menina que eu sonhava ter em meus braços apareceu com um namorado, eu fiquei ao lado dela sem cobrar nada. É que durante esse tempo todo em que íamos nos conhecendo, eu nunca tive a coragem de dizer o que sentia por ela.

E quando eu soube que um bebê estava a caminho, bem naqueles dias, novamente a vi ir embora da minha vida. Sofri muito durante os meses em que a esperava, sem a certeza de que a encontraria novamente.

Vocês sabem o quanto dói quando se perde a quem se ama. E eu a amava tanto que não percebia mais que eu tinha uma vida. Eu vivia em função do meu amor por aquela mulher que me rejeitara.

Foi quando resolvi recuperar o tempo perdido. Comecei a sair. Buscar novas amizades e esquecer aquele grande amor. Mas um dia, como que saindo do escuro, ela resolveu me procurar e apareceu em minha vida novamente. Eu já não tinha mais esperança de que isso pudesse acontecer, mas ela estava diante dos meus olhos novamente. Agora, mais livre para falar o que pensava de nós dois. Foi quando eu soube que havia algum sentimento dentro dela, e que antes nunca teve a coragem de me falar. Fiquei sabendo só naqueles dias de reencontro que tudo tinha dado errado na vida dela depois que me abandonara. Confesso que tive uma pontinha de alegria quando ouvi de seus lábios aquela sua confissão.

Mas como tudo na vida tem começo, fim e recomeço, depois de declarar me desejar, e só isso e nada mais, aquela garota novamente sumiu da minha vida da mesma forma como reapareceu.

Hoje, já não sei por onde ela anda e com quem está. Se ela voltou para o ex-companheiro ou se preferiu se isolar do mundo. O certo é que ela continua dentro de minha cabeça e eu vivo com um pensamento só: Ela!

Sei que você pode falar que eu fiquei com o coração mole e não deveria estar dizendo isso agora, mas não consigo carregar essa dor no peito sozinho e quis dividir com você.

Dito isso, agora é hora de partir para a vida novamente. Já marquei com uma amiga para o próximo fim de semana irmos a um baile que vai acontecer no clube central aqui da minha cidade. Sei que não será fácil o meu recomeço após estar novamente abandonado, mas a minha amiga é muito boa e disse que vai estar comigo em todas as horas que eu precisar de sua companhia. Amiga é para sempre, sempre que o amigo precisar.

Amizade com Mulher é uma Zorra

Primeiro, porque temos que ficar ouvindo todas as nossas amigas esculacharem com o sexo masculino e ainda temos, como educados que somos, que ficar sorrindo.

Só para que elas gostem um pouco mais da gente. É assim a vida de um homem que tem mulheres em sua lista de amizade.

Veja só o que me aconteceu durante a minha juventude:

A Olga apareceu certo dia lá em minha casa. Chegou como quem tinha descoberto a mosca azul, fazia pouco tempo. Ela sem titubear foi logo abrindo o coração. E disse que tinha mantido relações pela primeira vez.

Zorra! E eu que pensei que ela ainda era virgem e se guardava para mim! E ainda disse que o sujeito que foi seu primeiro homem era o miserável do Rafael. Aquele cara de fuinha. Desgraçado. Carcará sanguinolento!

Como ela pode fazer isso?

É que eu gostava dela, gente. Era apaixonado por ela e a danada vem em minha casa e fala isso sem se preocupar. Sou amigo. Mas não precisava saber e saber dessa maneira. Assim é demais para meu pobre coração.

Ela nem percebeu que, enquanto ela falava, eu me estrebuchava todo no sofá. A cada cena contada, era como se eu estivesse sendo corno por tabela. É claro que eu nunca me declarei a ela. Pois sempre brincava.

Deve ter sido isto! Eu brincava!

E ela dizia: – Deixa disso. Somos só amigos.

Vou avisando uma coisa a você mulher que por descuido da vida resolver ler esta narrativa:

Homem detesta ser chamado de amigo. O que ele quer mesmo é beijar! Entenderam ou vou ter que desenhar?

Voltando...

A danada me disse que fazia tempo que estava feito lagartixa, subindo pelas paredes. E esperou completar os dezoito anos para poder fazer o que fez. Então, me disse que só aconteceu uma única vez.

Meus amigos, essa é uma daquelas desculpas que elas sempre dão. Não consigo saber ainda se elas acham que nós acreditamos, ou se é porque acabou mesmo o repertório delas.

Sentada em minha frente, e passada meia hora, eu já estava vendo ela com outros olhos. Eu já a via com olhos de raio X. Enquanto ela, sem parar um só minuto, falava, falava, falava...

Mas a pior coisa que ouvi foi quando ela, desavergonhadamente, despudoradamente, sem perceber que me fazia sofrer com tudo o que eu estava ouvindo, disse "estou há quatro meses sem ter relações". E eu lá queria saber disso. Eu lá precisava ouvir isto?

Foi aí que, tomando forças, me sentindo um "He Man", investi na minha "She Ra" e perguntei:

– Tu ainda estás com ele?

Ela me respondeu de pronto:

– Nada!

O tom da resposta dela me encorajou ainda mais e eu parti feito um carcará em busca da burrega.

– Posso te perguntar uma coisa?

Ela sorriu! Que sorriso lindo aquele. Ela estava se mostrando aberta à pergunta seguinte, e eu emendei.

– Qual a chance de eu ser teu próximo?

A resposta veio com a velocidade de um disco voador.

– Tá me estranhando?

Aquela tarde está na minha memória até hoje. Já fiz de tudo para esquecer. Mas não consigo. Há alguns dias, eu a vi saindo de uma loja. Estava com dois filhos. Um no braço e outro era puxado pela mão. E eu fiquei vendo aquela cena de cinema italiano. O corpinho já não era mais de bailarina espanhola e eu estou, hoje, aqui sozinho, mas enfrentando a luta diária de encontrar um novo amor.

Entendam. O homem se apaixona, enquanto as mulheres amam. Mas só quando encontram um grande amor. Antes, elas nos fazem sofrer pra caramba.

Amor, Tu Tá Fazendo O Quê?

Diferentemente do que possa parecer, a palavra "amor" quando aparece no início da frase, dita ao telefone por ela, ou elas, não reflete necessariamente algum sentimento de amor, e sim uma maneira de nos induzir a prestar algum serviço. Isto poderia ser entendido por ela como uma forma agressiva de constatação. Mas, tenha a certeza, não é! É que após anos de namoro, você começa a entender a dialética da sua amada. E o que antes era prazer, para você, começa a incomodar. Você deixa de ser o parceiro e vai se tornando um prestador de serviços diário não remunerado.

Você está no bar, bebendo uma cerveja estupidamente gelada com a sua turma. Evento programado com bastante antecedência. E parece que os afazeres dela acontecem sempre em momentos como estes. Não é incomum seu telefone tocar e do outro lado vir um pedido para buscá-la na casa dela para levar ao supermercado, ao cabeleireiro, ao trabalho, ao médico, a alguma loja para comprar algo, ou não. A certeza é de que seu telefone irá tocar e seu programa estará seriamente comprometido. E, invariavelmente, você é motivo de piada no grupo por ser "um dominado".

Você também sabe que, ao chegar ao local em que ela pediu para você ir buscá-la, ela nunca estará pronta. Se é na residência, falta pentear o cabelo, colocar a blusa, vestir a calça, pôr o tênis. Desculpas não faltam. Em qualquer outra situação e local diferentes, ela arruma uma desculpa esfarrapada. Nas primeiras vezes, você sorri pelo desleixo dela. Mas depois de três quatro anos, e sempre com as mesmas desculpas e pedidos, você começa a perder a paciência. O que era motivo de sorriso começa a encher a paciência do pobre homem, que corre de um lado para o outro para sempre estar à disposição.

– Me leva ali?

Parece até que "ali" tem endereço variado, porque serve para todas as coisas. Vai de hospital ao encontro com as amigas. E você fica "ali" esperando o tempo dela. Que quando retorna, diz:

– Demorei, amor?

Você dá um olhar, daqueles de lado, sem direção. Do tipo, olha mas não olha. Respira fundo e solta o ar dos pulmões como se fosse a sua última respiração do dia. E ela:

– Também, tu já vais reclamar. Por isso que não gosto de te pedir nada. Essa é a última vez que peço algo.

Você, por dentro, comemora. Mas sabe que amanhã tudo vai ser igual a hoje. Então, nada de se enganar com ela, quando a frase começar com "Amor".

É tudo por amor!

Arrancou os ovos do marido, assou e comeu

Todos os amigos e vizinhos já sabiam que algo estava para acontecer. Zezim de Déa, um rapaz que por onde passava a mulherada olhava para ele. Moreno de cabelos curtos, rosto afinado que chamava a atenção de todas. Ele causava grande ciúme, até mesmo entre seus amigos que não gostavam de ver suas esposas com sorrisos entre os dentes quando o viam.

Pois não é que sua esposa, morena de cabelos negros feitos asas de graúna, escorridos e que iam até abaixo dos ombros, e quando o vento batia ele se desmanchava todo, pele marrom, com corpo de violão, pernas de quem faz musculação em academia ao final da tarde, quando a presença masculina é bem maior, tinha um ciúme arretado de Zezim. Se mordia toda de raiva das amigas. Achava que todas elas queriam seu marido.

Por muitas vezes, Maria tinha avisado:

– Se um dia eu descobrir que tu tá me traindo, eu te capo.

Ele, homem tranquilo, levava tudo na brincadeira.

– Tu, mulher da minha vida, não precisas te preocupar por que esse coração e esse corpo é só teu.

Todos que já ouviram falar da esposa tinham a certeza de que era a pura verdade. Ninguém nunca viu Zezim pular o muro.

Ele era um relógio suíço. Chegava sempre às 18h30min. Às vezes, até antes mesmo do horário.

Mas eis que seu novo chefe pediu para que o homem, tranquilo por natureza, ficasse na segunda-feira para ajudar no serviço. Quando ouviu aquele pedido, Zezim fez uma cara feia que até assustou quem estava por perto.

– Chefe, eu não posso ficar. Não avisei a minha esposa.

O chefe, neste momento, fez cara ainda mais feia e foi o bastante para nosso Zezim entender que, em época de desemprego, o melhor era ficar. Ele tinha certeza de que chegando em casa iria levar uma bronca. E foi exatamente o que ocorreu.

Ao chegar em casa, estava uma mulher espumando de raiva. Mal ele colocou o pé na porta, ouviu um grito:

– Onde você estava? O que está acontecendo que eu não estou sabendo?

Foram mais de dois minutos de interrogatório. Mais parecia um acusado de crime em uma delegacia de polícia na frente de um delegado em seu primeiro dia querendo mostrar serviço.

Depois de muito explicar, pedir desculpas por não ter conseguido avisar antes, implorar mesmo, ele obteve a compreensão da esposa.

No dia seguinte, quando estava saindo para o trabalho, foi dar o beijo de todos os dias e sentiu que tinha algo estranho no semblante da mulher:

– Se teu chefe pedir para tu ficares para fazer hora extra, diz a ele que tu tens uma esposa esperando em casa.

Zezim balançou a cabeça, afirmativamente resignado, e partiu para o trabalho. Deixando em casa a mulher de sua vida. A quem prometeu na igreja viverem juntos até que a morte os separasse um do outro.

Sua esposa ficou olhando ele seguir em frente. Quando já não mais o avistava, pegou o controle remoto da televisão e ligou. Ela gostava das novelas mexicanas. Sentou, como fazia todos os dias, naquele sofá onde já tem a marca da bunda de tanto estar no mesmo lugar. Adormeceu.

O tempo passava e nada de Zezim chegar. Maria sempre foi uma mulher de palavra e ele sabia disso. E este era seu medo. Mais um dia de atraso no serviço. Naquele dia, ele só chegou em casa mais de meia-noite. Teve que refazer o relatório mensal de toda a empresa. Sabia que o atraso, desta vez, não seria bem visto pela esposa.

Naquela noite, ao vir na rua, ela já o esperava na porta com sorriso no rosto. O recebeu com um beijo na boca apaixonado. Surpreso, o homem não disse nada. Gostou daquele momento. Ela o levou ao banheiro, retirou a sua roupa, e como nunca, o levou para debaixo do chuveiro. A água escorria no corpo e ela pegou o sabonete e o ensaboou. Era tudo novo e ele estava gostando. Terminado banho, ela o enxugou com sua própria toalha. O pegou pelas mãos e o levou à cama. Lá, fez coisas que antes só soube que existiam através de revistas, e na internet. Depois de longo tempo com seu amado e saciada, ela olha com carinho e sai, agora para tomar o seu banho.

Zezim, cansado, estava deitado na cama de braços abertos. Ele a esperava para um novo tempo de amor e prazer.

O barulho da água no chuveiro parou.

Maria entrou no quarto enrolada na toalha. Tirou e jogou no rosto de Zezim. Naquele momento, deu para ouvir o sorriso de felicidade dele. Sentiu uma mão tocando sua genitália. Abriu as pernas quando sentiu seus testículos abarcados. De repente, uma dor insuportável e um grito estridente ecoou no ambiente. Ao retirar a toalha do rosto, ele viu sua esposa com os dois ovos na mão esquerda.

– Eu te avisei que você era só meu. E se é meu, não é de mais ninguém.

Naquele momento, ao final da frase, ele já não ouvia mais nada. Estava desmaiado e em uma poça de sangue.

Maria foi até a cozinha, ligou o fogo, pegou uma frigideira que estava com óleo do almoço, esperou ferver e jogou os ovos nela. Ela ainda pegou um pão, abriu e esperou assar para colocar dentro. Na hora em que deu a primeira mordida e estava com a boca cheia, na porta se ouve uma batida e alguém chamando:

– Maria, Maria...

Maria assustada acordou e foi abrir a porta para o seu amado. Estava suando bastante. Deu um abraço forte e perguntou:

– Zé, tu me amas?

Ele a beijou e confirmou com a cabeça que sim. Zezim estava esgotado de mais um dia de trabalho.

Corre que a polícia vem aí

Eu já havia passado por muitos problemas amorosos na vida, mas um dos que mais me desnortearam foi o que passei com a Morena. Magra, corpo escultural e lábios sensuais. Para definir melhor o que era essa deusa, ela é uma mulher lindíssima. Daquelas que todo homem desejaria namorar. E babem, estava sempre ao meu lado. Sim, isso mesmo, sempre ao meu lado.

Pois não é que essa coisa de "sempre ao meu lado" durou dois anos e meio? E eu, como todo abestalhado, esperando que ela sinalizasse em minha direção, mais do que eu já tinha. Parecia até que eu queria ser guarda de trânsito e especialista em sinais. Homem é um bicho abestalhado mesmo. Fica um tempão arretado desse e se mantém fiel ao sentimento no seu coração. Não se importando com nenhuma outra mulher que apareça em sua frente. Já delas, meu amigo, não espere que isto ocorra, são pragmáticas, mudam conforme o momento que se apresenta à frente. Mas vou contar aqui a vocês tudo o que aconteceu, desde o início.

Era uma noite de lua cheia quando a encontrei em uma festa. Uma amiga em comum veio com ela ao meu encontro. Queria me apresentar àquela morena. De imediato. Pausa para um comentário:

– Homem é tudo besta, basta ver uma mulher linda e eles logo ficam interessados.

Voltando ao que interessa. Pois mané tem pra tudo. Daquele dia em diante, nos encontramos várias vezes, sempre acompanhados da minha amiga. Ela mostrava um interesse a mais do que só construir uma amizade entre nós. No princípio de tudo, achei que deveria manter uma distância, para saber se o que ela evidenciava em olhares era mesmo algo mais sério. E o tempo, sempre ele, trabalhando a favor de que algo poderia vir a acontecer. Confesso que em alguns momentos até investi nos olhares e correspondi algumas vezes. Parávamos por longos segundos olhando um nos olhos do outro. E como todo bom homem sabe, um olhar demorado e correspondido é o sinal de que algo existe entre duas pessoas normais. E não é só amizade.

Um dia, ao ver aquela garota na rua, fui ao encontro dela, e quando estávamos sós os dois, lhe dei um abraço carinhoso que só quem ama sabe o que é receber. Naquele momento, combinamos, eu e ela, de chamar a nossa amiga para passarmos a noite juntos. E isto aconteceu! Saímos, andamos pela cidade como três crianças, e éramos mesmo três jovens a brincar felizes. Depois de perambularmos pelas ruas de nossa cidade, resolvemos retornar para a minha casa. Eu já morava sozinho naquele tempo. Elas decidiram que passariam a noite comigo. E nem adianta você ir imaginando coisas antes de ler o que vou contar. Muita calma aí. Depois de uma noite de risos, muitas histórias contadas e brincadeiras de crianças – e éramos mesmo! – dormimos feito pedra ao relento.

Na manhã seguinte, ao acordarmos, a sensação, ao menos para mim, era a de que estava vivendo um momento mágico. Tomei banho primeiro que as duas e fui fazer o café. Você sabe como é, para agradar elas, nós fazemos de tudo. E fazer o café era um ato de extremo carinho naquele momento. Feito, retornei para a sala onde a Morena estava deitada no sofá. Nossa amiga pediu uma toalha e se dirigiu ao banheiro. Neste momento, ouvi do meu amor que estava sentindo dores nas costas. Pronto, era a senha! E lá fui eu a ficar de joelhos. O que não fazemos para conquistar a quem queremos. Peguei um dos lençóis, levantei o vestido dela até a cintura, a cobri em forma de respeito, e isto foi verdadeiro, comecei a massagear suas costas. Logo ouvi que seu cóccix, o osso da parte inferior da coluna vertebral, que popularmente a turma chama de "micula", estava doendo muito. Desci as mãos e comecei a massagear. Olhei o rosto dela e vi um sorriso largo, de quem estava satisfeita por aquele momento. Abaixei um pouco sua calcinha, coloquei as mãos dentro e fiz massagem em suas nádegas. Estava receoso do banho de nossa amiga terminar. Enquanto o chuveiro não deixava de chorar água, eu a toquei com carinho. Mas era massagem mesmo. Podem acreditar. Quando percebemos que a porta do banheiro estava abrindo, parei e sentei com cara de otário, de cachorro em frente a uma daquelas assadeiras de galetos. Babando, mas sem ter acesso à carne. E acreditem, eu toquei lá!

Vieram outros dias e outras noites juntos, sempre os três feitos um só.

Em uma dessas noites, a nossa amiga pediu uma massagem. Confesso que eu nunca soube se elas falaram do ocorrido. O certo é que achei a proposta interessante e massageei o corpo da amiga todo.

Eu já até pensei em montar uma casa, só para prestar este serviço, de tão profissional que me tornei.

Ao terminar o trabalho na primeira, comecei em seguida pelos pés da Morena. E enquanto o tempo passava e eu a tocava – massageava, para ser mais exato –,via no rosto dela que algo estava diferente, e muito mais forte. Aí, eu senti meu coração palpitando mais, meu corpo esquentou feito fogo e então toquei seu sexo sem querer, podem acreditar, foi mesmo involuntário, e ainda pedi desculpas por isto.

Mais uma vez, me penitencio por ter sido tão idiota.

Ela nem respondeu. Na sequência, seus olhos estavam tão abertos e demonstrando sentir um prazer que poucas vezes vi no rosto de outra pessoa. Aquele era o momento certo para eu investir e ter em minhas mãos o fruto do meu desejo. Mas não, eu descobri que tenho um enorme defeito. Eu a respeitei!

Certo, você está mesmo certo ao me esculhambar de todas as formas, só não vale de viado, aí seria demais, o resto vale que aceito, pois sou tudo isto e muito mais um pouco.

Outros dias vieram. Em outras noites, estivemos juntos e eu sempre achando que o momento deveria ser no tempo dela. E ela não sinalizava. E eu sentindo que estava ultrapassando os limites da Morena.

Sabe aquela coisa de ser respeitador? Pois ouça um bom conselho, seja! Nunca jogue o seu caráter ao chão só porque você espera de alguém um sinal de que pode ir além de um carinho. Mesmo que isto signifique levar anos de espera. Se der certo, tudo bem! Se não acontecer, porque ela prefere a aventura da química, tudo certo também.

E por falar em química da atração. Nestes anos todos de vivência, desconheço um relacionamento duradouro de quem se entregou rápido demais. Então, como dizia meu velho e amado Pai, "sejis homi". Porque de mau caráter o mundo tá cheio.

Como eu não investia, de forma abusiva, percebi que ela começou a se afastar de mim. Os carinhos já não me eram permitidos fazer. Quando eu ia acordar aquele corpo lindo, com beijos e carinhos, percebi que já não era bem-vindo junto ao corpo dela, que antes me recebia com ardor. Eu que, por muitas manhãs, acariciei suas coxas, toquei seu corpo, agora não mais estava podendo fazer.

Certo dia, quando eu estava beijando seu pescoço, ouvi dela:

– Tá bom, não quero mais!

Deste dia em diante, mesmo continuando amigos até hoje, vi aquela a quem amo desde jovem se afastar de mim. A nossa amizade é eterna. Somos como "Três Em Um", só corpo e pensamentos. Ainda saímos para curtir as noites. Vamos aos forrós da vida. Dançamos com sorrisos nos rostos. Felizes e sabendo que, um dia, sim, um dia, vamos seguir por mundos diferentes. Mas enquanto isso não acontece, nós três somos felizes juntos. É claro que eu gostaria de ter aproveitado aqueles momentos íntimos com mais sexualidade. Mas, como falei anteriormente, fiz a opção de cuidar dela e não ser só mais um dos que a usaram ou usam atualmente. Eu dou conselhos, mas eles nunca parecem servir. Ela é uma linda amiga que tenho e que amo.

Quero agora chamar a atenção de você que lê este conto, neste momento. Preste bem a atenção ao que eu vou dizer.

– Se você quer amar de verdade, cuide! Se você quer uma aventura, se jogue e use cada momento vivido como se fosse o último, pois eles não voltam. Nesta segunda opção, não se preocupe, use e abuse da parceira. Porque o que vale é só a química que exala por entre as partes mais íntimas dela.

Eu, como cansei de esperar, e aprendi pouco, mas aprendi que, na física, para cada ação, há uma reação. Como vi o tempo passar e ela seguir outros rumos no coração. Eu, mesmo ainda a amando, comecei a dar aula de massagem a outra amiga. Não podemos viver sozinhos. Afinal, amigas é para essas coisas e outras tantas mais.

Deixa Que Eu Amo Por Nós Dois

O meu amor por ela era tão imenso que, mesmo sabendo que algo estava errado em nosso relacionamento, eu a amava intensamente.

Mesmo quando percebi que ela já não tinha a mesma vontade de estar junto de mim, eu ainda a amava.

Como eu percebi isto? Caro amigo, qualquer homem que ama sabe quando uma mulher o rejeita, mesmo esta mulher, às vezes faça declarações de amor. Elas sabem como ninguém manter um relacionamento esvaziado pelo tempo.

Pois foi isso que aconteceu comigo e Rosélia, a minha esposa. Depois de anos convivendo juntos. Mesmo após ter nascido um de nossos filhos, tudo começou a "esfriar" em nosso relacionamento.

Como os leitores sabem, ao menos é isto que eu acho, o amor não é algo que se vende em uma farmácia, não é remédio e maltrata intensamente.

Daqueles que contagia e deixa o camarada com o coração pulsando descompassadamente, suando em época de frio, com a língua seca feito papagaio...

Se isso não é um mal, ainda está para ser provado qual é o bem que ele faz.

Eu tinha acabado de chegar da casa dos meus pais. Era por volta das 23h daquela quarta-feira de setembro do ano de Nosso Senhor Jesus Cristo. Já fazia mais de dois meses que nós tínhamos entrado em campo e jogado uma partida de futebol. Mesmo eu a tendo procurado por várias vezes e demonstrado todo o meu carinho, eu percebia que ela me rejeitava como homem.

Esta deve ser a maior dor no peito de um sonhador.

Pior que isso só um chute no saco. Para esta dor, não há "anador" que dê jeito. Ela foi deitar antes de mim e mais uma vez não tinha me chamado. Se isto acontece com você agora, tá na hora de reescrever a sua história meu amigo. E veja que naquele dia eu estava feito lagartixa, subindo pelas paredes de tanta vontade de entrar em campo e bater uma pelada das boas. Ao me deitar, fui de encontro ao corpo da minha amada, comecei a fazer carinhos, beijei sua nuca, mulher que ama não resiste a isso. Aprenda, mané, pois eu falei "mulher que ama".

E ela nem se mexia. Tá certo que ela deitou antes, mas, espera aí, fazia cinco minutinhos e quem é o danado que vai acreditar que uma mulher já estaria dormindo naquele momento? Nem você, nem eu! O certo é que fui de encontro ao corpo dela, fiz todos os tipos de carinhos pensáveis. Você não ficar aí excitado, a mulher era a minha, zorra!

Confesso, às vezes, que foi naquele dia que eu percebi que ela não mais me amava. Foi uma dor arretada que até hoje, quando eu penso, meu coração sofre.

No dia seguinte, ela acordou como se nada tivesse acontecido, e estava certa, pois só eu parecia ter jogado "paciência". Vi que nada tinha mudado na rotina do nosso dia a dia. Ela levantou logo cedo, fez o café para nosso filho, e ao me ver disse:

– Bom dia, meu amor!

Eu a olhei com carinho. Senti meu coração apertado mais uma vez em minha vida. Mas sabia que daquela noite que passou em diante eu não mais a procuraria. Conviveríamos eternamente e eu a amaria com todas as forças do meu sentimento.

Mais eis que...

Sim, não acabou a história. Homem é como a Fênix e renasce sempre das cinzas.

Calma aí gente, eu só falei isso para ilustrar um pouco mais. Para que, se algumas delas lerem isto aqui, não fiquem tão convencidas, porque a verdade é que o homem pode amar pelos dois, mas a mulher nunca deixa isso acontecer. Nós, mesmo não mais amando as nossas esposas, ficamos junto para não fazê-las sofrer. Já elas, se deixarem de nos amar, abandonam a casa de imediato e nós que ficamos, e se ficarmos, teremos que reconstruir as nossas vidas despedaçadas por tamanhas indiferenças.

O certo é que o meu amor por ela era eterno. Disso eu tinha a certeza. E um certo dia, ao falar com ela sobre o que estava acontecendo, e mesmo ela negando não mais me amar, eu disse a ela:

– Deixa que eu amo por nós dois.

Não adiantou nada. Ela foi embora de casa. Me deixou com dois filhos para criar e hoje mora com meu vizinho em um apartamento de primeiro andar. A miserável ainda ficou por cima, só para me olhar. Eu segui a minha vida. Vez ou outra nos encontramos na rua. Eu continuo amando ela, mas ela não mais me ama e eu vivo a chorar.

Falei antes a vocês que isso é uma doença, e o melhor mesmo é raparigar. Assim, não nos envolvemos tanto com uma só mulher, e a probabilidade de você se apaixonar por uma só é remota. Pegue então seu cajado e saia por aí a desbravar novas terras todos os dias, que é para não ter que sofrer. Se isso acontecer com você, que ao menos lhe valha a pena. Loira, morena, preta ou branca, sarará, o importante mesmo é amar mais de uma, que é para não ter que chorar.

Dor da Zorra

Ela era a minha amiga querida. Nós sempre que podíamos ficávamos a conversar durante horas seguidas. Muitas noites passamos juntos, eu e ela, frente a frente. Decidíamos quase sempre todos os nossos problemas pessoais em conversas acaloradas nas madrugadas quentes de verão. Eu jamais iria acreditar que algo a mais pudesse nos acontecer. E não aconteceu mesmo.

– Fala, chato!

Todas as vezes em que nos encontrávamos, ela me cumprimentava desta forma. No começo, achava isso um incômodo, mas logo percebi que era uma forma carinhosa dela para comigo. E foi assim que a nossa amizade se solidificou ao passar do tempo.

Meses depois de tê-la conhecido, e de tanto me encontrar com ela durante as noites, ela começou a se afastar de mim, e foi aí que comecei a sentir a sua falta. Quanto mais minha amiga se afastava, mais eu tentava não perdê-la de vista. Não adiantaram muito os meus esforços. Vi que ela buscava ficar sozinha, no seu canto.

Já se passavam alguns meses sem que ela falasse comigo ou mesmo tivesse mandado um recado.

Foi aí que cometi o grande erro com ela. Ontem (2001), a encontrei novamente e, como em muitos momentos nossos, conversávamos alegremente feito duas crianças.

Por que todo homem tem que errar com as mulheres?

Já tarde da noite, ela me disse que teria que se afastar de mim. Iria morar em outra cidade e por isso ficaria difícil de continuarmos a nos encontrar para as nossas conversas amistosas.

Certo. Você vai perguntar: e eu com isso? Você, nada, já eu, fiz mais uma besteira na vida e disse a ela que a desejava como mulher, já fazia muito tempo. Lascou geral. Ela não recebeu bem a notícia, mas – sempre tem esse "mas" – disse que já estava comprometida e que sempre me teve como um amigo e nada mais que isso. Não sei se você já passou por isso, mas dói que só a zorra. Não pelo fora que o homem leva e sim por ele sempre acreditar que as mulheres também o desejam. É uma zorra, meus amigos. Vamos ter que reavaliar ainda nesta vida um curso de como entender as mulheres.

Pior do que a nossa conversa de ontem, foi a de hoje, quando nos encontramos novamente e ela, meio que querendo se livrar de mim, disse que estava ocupada e me dispensou. Eu deveria ter ficado calado. Como diria Wando, "doeu, ai doeu". Fui buscar longe esse bregão.

Agora, quero falar com ela e pedir desculpas por ter passado dos limites. Eu errei em ter acreditado ter duas pessoas em um só sentimento.

Vida da zorra essa, viu?

"Eu só tenho essa calcinha"

Há lembranças em nossas vidas que revivem parte da nossa história, e ainda bem que isso acontece para nos lembrar de onde viemos e quem somos agora. Pois uma delas aconteceu naquele apartamento (kitnet) que a minha saudosa mãe, Regina Roque, emprestou para que morássemos lá Rua Manoel Novaes em Paulo Afonso na Bahia. Tempos difíceis aquele em que para comer dividíamos um prato de comida, eu e minha esposa Ângela.

O meu filho Ulisses tinha nascido. Foi o segundo, já que Flávio tinha vindo antes de um lindo relacionamento na juventude. Até hoje sou amigo da mãe dele, Glaide. Mas este não é o caso agora. O certo é que mesmo eu já tendo começado na área de eventos para sobreviver, já que por conta da militância política tinha ficado difícil de conseguir trabalho na cidade, eu e Ângela vivíamos muito felizes, mesmo com toda a dificuldade que passávamos naqueles dias e eu vivia correndo atras de produzir festas nos clubes ou públicas quando contratadas por prefeituras da região. O dinheiro, graças a Deus, começava a entrar, mas era tudo um aprendizado ainda. Eu estava começando a aprender como se produzia um evento e o que fazer para não tomar prejuízos.

Por falar em "dias", é sobre um deles que pretendo contar um ocorrido naquela quitinete que minha mãe (in memoria) nos deu para morar por um tempo. E este tempo durou anos. Aquele pequeno cômodo onde tínhamos uma cama de casal, um fogão de segunda mão comprado a uma das minhas irmãs, um banheiro e uma mesa com um computador para que eu pudesse, já, me comunicar com o mundo através da internet discada.

E naquele dia eu tinha chegado de uma festa, cansado. Dormi até às 11h e só acordei quando ouvi um barulho de água caindo do chuveiro, após colocar dezenas de cartazes onde se anunciava mais uma festa na cidade.

Ulisses estava deitado ao meu lado de olhos abertos e sorrindo. Eu beijei seu rosto e seu pescoço. Ele sorria alto.

Cansado, tomei banho e em seguida deitei no colchão que ficava no chão. Nós não tínhamos uma cama ainda. O que tínhamos era um fogão de quatro bocas comprado a minha irmã, um mosquiteiro, dado por minha mãe e lençóis, um para cobrir a cama e o outro para nos cobrirmos. Isto quase nunca ocorria devido ao calor que fazia.

Ângela colocou meu almoço e alguns minutos depois foi tomar banho. Passado algum tempo ela me sai enrolada em uma toalha e eu só de olho naquela morena linda. A danada da toalha estava rasgada de tanto ser usada por nós dois. E foi aí que eu percebi que a calcinha que ela estava vestida, também estava, toda furada e com alguns rasgões. Ao ver aquela cena eu a questionei, "que danado tu tá fazendo com essa calcinha toda rasgada?"

Ela olhou para mim sem graça pela minha reprovação e com carinho, amor mesmo foi o que só depois percebi e me disse, "eu só tenho essa. Eu uso, depois lavo e deixo enxugar para só depois usar novamente". Eu me senti um idiota naquele momento e até hoje, passagens como essa em nossas vidas, me faz perceber que essa é a mulher da minha vida.

Mesmo com toda a dificuldade que passávamos, Ângela nunca reclamou de nada. Ela sempre esteve ali cuidando, primeiro de Ulisses e depois de Iury e Caio. Na verdade, ela deixou tudo de lado em sua juventude para cuidar dos meninos e de mim.

Quando a água do chuveiro parou, demorou pouco tempo e ela saiu do banheiro enrolada em uma toalha. Conversou comigo perguntando como foi a festa e sorria ao ver nosso filho tentando se levantar.

Mas foi quando ela retirou a toalha que algo me chamou a atenção. Ela estava vestida com uma calcinha cheia de buracos e eu, com minha sensibilidade de jumento, perguntei: Que calcinha é essa toda rasgada?

No rosto dela eu vi naquele momento uma tristeza e ao mesmo tempo uma mulher forte. Ela me disse que, "eu só tenho essa calcinha a muito tempo. Eu uso, lavo, coloco para secar e depois uso novamente".

Foi como levar um soco na barriga ao ouvir aquilo.

A nossa vida nunca foi fácil. Nós lutamos e passamos por muitas dificuldades para chegar até aqui (2000). Após este acontecimento eu busquei ficar mais atento as necessidades pessoais de Ângela. Hoje, de tudo que eu ganho, só fico com R$ 100,00 (cem reais). Tudo é para ela! Ela sabe administrar as nossas vidas melhor do que eu.

Até agora (2022) não me arrependi de ter tomado a decisão de que tudo é para ela.

Com ela, além de Ulisses, tivemos Iury, que já me deu uma neta a Íris e Caio. Também tenho Liz e Lara.

Eu sei que a vida nos proporciona muitas estradas, mas é sempre bom retornar para casa e encontrar a mulher que esteve comigo em todos os momentos da minha vida, que sempre se importou em me proteger de tudo e de todos. Ângela nunca deixou que outra pessoa falasse que eu errei com ela, mesmo eu tendo errado.

Frente A Frente Com

Eu ficava inebriado ao ver aquele corpo diante de mim por horas. Sentada naquela cadeira, muitas vezes sem fazer nenhum movimento, só os seus olhos esboçavam um movimento quando parecia buscar algo à sua frente. Foram dias maravilhosos aqueles que passamos juntos naquelas noites frias. Ela nunca deixou que eu a tocasse, mas isso nunca foi um empecilho para o nosso amor. Se não a tinha em meus braços, com seu corpo colado ao meu, era certo que outro também não a possuía naquelas horas que vivíamos um para o outro.

Havia dias em que eu não suportava aquela distância entre nós, mesmo estando tão perto dela.

Teve dias em que pensei em ir em sua direção, mas o medo da reação dela impedia que isto se concretizasse. Tínhamos um acordo silencioso. Cada um sabia o seu lugar.

No dia em que ela ficou diante de mim, mais uma vez naquela cadeira, com os cabelos soltos até o ombro, com um fone no ouvido e se balançando ao som de uma música que nunca soube qual era, eu pensei que ela brincava com meus sentimentos. Enquanto eu fazia de tudo para chamar a sua atenção e sem ter êxito algum. Via seus lábios em movimento, pensei que ela queria falar algo. Mas não era verdade. Ela continuava lá e eu cá no meu lugar.

Às vezes, tinha medo de estar ali, só eu e ela dentro de um quarto em sua casa. Era ela que me convidava e eu sempre fui. Gostava da decoração simples. Ela era avessa a coisas que chamassem muito a atenção, por isso, a cor das paredes era branca e dentro tinha um pequeno guarda-roupas que era utilizado também para guardar seus perfumes. Seu cheiro era inconfundível e exalava por todo o espaço. No canto direito, ficava uma pequena mesa onde se podiam ver livros, revistas e uma blusa em tom de cinza com listras brancas. Ela sempre me colocava sentado do lado esquerdo. Lá, tinha uma mesa, mas isso nunca foi um problema. Eu sempre me comportava e ficava a olhar seu rosto lindo e seu corpo debaixo daquela claridade que a luz proporcionava. A cadeira ficava por trás da mesa. Era uma forma de ela me manter distante do seu corpo, de uma proximidade mais comprometedora.

Eu sempre me preocupei com a chegada de alguém ali. E se entrasse uma pessoa e nos descobrisse? Provavelmente iria perguntar quem seria o homem diante dela. E o que ela responderia? Esses medos sempre me ocorreram em todos os nossos encontros naquelas noites em que nos amamos.

Você deve estar se perguntando como eu consegui viver tanto tempo com uma mulher dessa forma? Você não é o único. Um dia, eu pensei em não mais aceitar os convites dela para estarmos juntinhos, mas você vai entender que eu não tinha forças diante daquela linda mulher à minha frente.

Eu sabia muito da vida dela e ela nunca me perguntou nada da minha. Me aceitava da forma que sou. Acho que era isso que a deixava mais compenetrada olhando para mim. Ela parecia alguém que queria desvendar os meus segredos simplesmente olhando. Nunca lhe perguntei se teria conseguido perceber algo de importante em mim.

Em um desses dias, ela me pediu para ir embora de sua vida. Foi um choque muito grande para mim. Ainda tentei saber o que teria acontecido. O que teria feito de tão errado naquele dia, mas ela preferiu não me responder, e a toda pergunta que eu fazia, ela sempre me mandava embora. As palavras me feriam e a dor era tão grande que houve dias em que não conseguia suportar e caía em prantos. Claro que antes eu saia dali.

Não vejo aquela mulher já faz meses. Nunca mais recebi um chamado dela para estarmos juntos, um diante do outro. Não me importo de estar aqui na minha cadeira e ela lá na dela. As telas dos nossos computadores nos aproximavam e a Webcam nos mantinha juntinhos. Eu a via diante dos meus olhos sorrindo, brava, moleca, uma criança...

Naquele dia em que ela desligou o computador, tive a certeza de que não mais a veria diante dos meus olhos. E hoje, vivo sozinho. Não quero mais ninguém para amar. Até o fim da vida vou ficar aqui esperando ela voltar.

Minha "Não Amiga" Da Pele De Veludo

Eu ainda me lembro do dia em que a vi pela primeira vez. Fui buscar um livro na biblioteca da escola e lá estava ela sentada em um banco no canto da sala. Parecia que estava assustada com tanta movimentação, de pessoas indo e vindo na busca de pegar livros para terminar os trabalhos que eram solicitados pelos professores. Os seus cabelos estavam amarrados por uma daquelas ligas que toda garota gosta de ter. Sempre é a cor da moda e a dela era amarela com branco. Sua blusa do colégio estava impecável. Ela me despertou um carinho grande. Andei entre aquele amontoado de livros e revistas postos nas prateleiras e, sempre que passava por perto daquele rosto de criança, eu a olhava com muito carinho. Depois de umas idas e vindas e sem encontrar o que buscava, perguntei se ela sabia onde encontrar algo sobre a história da Bahia. Foi o bastante para perceber que aquela menina estava envergonhada com minha iniciativa. Percebendo isso, peguei o que eu queria e saí dali, não sem antes dar uma olhada para trás e ver que os olhos daquela menina buscavam os meus passos.

Parecia uma obrigação de aluno. Ou que eu era, naqueles dias, o mais aplicado aluno da escola. Todos os dias, eu estava lá, buscando um livro. Muitos foram os dias em que a encontrei naquele mesmo canto e não tive coragem de tomar a iniciativa de dizer que a admirava.

Já nos anos seguintes, percebi uma mudança naquela menina. Ao me dirigir a ela e pedir informações, recebia automaticamente e agora já com sorrisos no rosto de quem podia me passar a indicação sem medo. Devo estar enganado, mas acho que foi naquela época que ela deixou de ser uma criança. A minha menina linda da pele de veludo já não era mais a garotinha que eu tinha conhecido há anos. A transformação dela em mulher era aparente e me doía dentro do peito. Era uma dor insuportável, daquelas que só quem ama sabe o que estou falando. Eu tinha perdido o meu amor. A pessoa a quem mais dediquei meus sentimentos quando criança.

Segui minha vida e encontrei outras garotas. Amei e fui amado. Pelo menos elas diziam isso.

Um dia, a encontrei em um restaurante. Lá estava ela, linda como sempre. Não me aproximei. Acho que ela nem se lembrava mais de mim. Sua vida deve ter mudado. Aquela garota que vi se transformar ao longo dos dias, agora estava distante de mim. Ela ficou inalcançável.

Depois desse encontro, que já fazia anos, nem lembro mesmo da data, recebi em meu computador um pedido de alguém que queria falar comigo no MSN, aquele programa de comunicação instantânea utilizado por boa parte das pessoas no mundo. Não sabia quem era, e como nunca rejeitei nenhum pedido, apertei a tecla de "aceito". A surpresa foi que naquele dia vi uma foto dela na tela do comunicador. Fiquei trêmulo. Não sabia o que fazer diante daquela situação. Foram várias as perguntas a transformarem minha cabeça em um vulcão de pensamentos. Ela não apareceu e muitos foram os dias que a esperei para um primeiro contato. Eu já não tinha mais esperança de que pudéssemos conversar, mesmo que virtualmente.

Era noite quando entrei na internet. Não percebi que tinha alguém a mais ao vivo naquele momento. Minutos depois, eu recebi uma solicitação de informação. Juro a você, caro leitor que me acompanha desde as primeiras páginas deste livro, não sabia quem era. Alguém queria saber onde encontrar um site com notícias da região. Disse o endereço da página e continuei lendo os blogs que acompanho sempre. Na sua maioria, com dados sobre a política. Uma nova pergunta me chegou. Só aí eu parei para ver quem tanto chamava a minha atenção. Meu coração bateu descompassado me remetendo aos tempos de criança quando na escola todos os dias eu ia ver aquela menina. Era ela, diante de mim, na tela do meu computador. Respondi a ela, dando a informação que me pedira e nada além disso. Estava paralisado e sem saber como me comportar. Ela agradeceu e saiu. Foram minutos intermináveis para os meus olhos. Eu ainda tenho comigo uma pequena anotação que recebi daquela, já garota, no último ano da escola. E foi onde tentei encontrar algo para me confortar. Eu poderia ter puxado mais assunto com ela. Não sabia que a encontraria uma outra vez. E se ela sumisse novamente? Resolvi que se em um outro momento ela surgisse diante da tela do meu computador, iria falar pelos cotovelos, só para estar mais perto dela. Do meu amor.

Alguns dias depois, eu a vi pilotando uma moto nas ruas da cidade onde moro ate hoje. Não conheço ninguém que também a conheça, para buscar alguma indicação de que ela tenha voltado definitivamente. Não sabia nem se ela tinha ido a algum lugar. Eu tinha perdido completamente o contato com ela. Será que ela estava namorando? Teria casado? Será que já estava com filhos?

Numa quarta-feira, dia de jogo do Esporte Clube Bahia, ela surgiu novamente perguntando o que eu estava fazendo naquele momento. Começamos a mandar mensagens de textos um para o outro. Isso durou quase que uma noite inteira. As horas se passaram sem que tenha percebido que o sol já surgia com seus belos raios, iluminando a Terra. Era hora de deitar o corpo cansado e ir à empresa. Cada dia em que nos encontrávamos na internet, era uma festa de carinhos e palavras ácidas. De ambas as partes. Quero dizer que as que eu proferi foram sempre para chamar a atenção daquela menina linda da pele de veludo que eu amei quando criança e que hoje é mulher e me disse que ama o seu namorado. Ela fez questão de colocar uma foto em que os dois estão abraçados. Não sabe ela, e não vou dizer nunca, que aquilo me deixava triste. Não que eu ainda a ame, mas é que meu coração ainda lembra daqueles belos dias em que eu pedia informações àquela criança sentada naquele banquinho da escola.

Hoje somos bons "não amigos" e seguimos as nossas vidas, juntos virtualmente e separados na real. Vá entender essas coisas de coração.

Na Infância, Meu Sonho Era Tão Gostoso

Ele tinha o sabor do arroz com feijão.

Esta semana em uma conversa despretensiosa que eu tive com duas pessoas, me trouxe lembranças da minha infância. Do tempo em que eu morava na "outra rua". Era assim que eu me referia à região da Praça Libanesa, onde vivi boa parte dos meus primeiros anos de vida até os sete anos de idade em Paulo Afonso, na Bahia.

E é desta época que me lembro de "Fedegoso". Mendigo que perambulava pelas ruas do centro batendo em uma lata de goiabada, desta que até hoje compramos nos supermercados. E quase que diariamente ele passava por minha casa. Sempre perto ou após a hora do almoço, pedindo comida.

O "prato" era a lata de goiabada. E foi ao vê-la que o meu sonho de criança despertou. Eu achava aquela vasilha diferente. E em casa, minha mãe não deixava que tivéssemos uma. Todas, após consumirmos o doce, eram jogadas fora. Eu não me conformava com a atitude da minha mãe. Por que Fedegoso podia ter um prato diferente do meu? Se eu poderia ter um igual ao dele?

E foi durante muito tempo o meu sonho de criança, ter uma vasilha para poder colocar comida, igual à daquele mendigo que ainda mora em minhas lembranças.

E quando me lembrei dessa história nesta semana, pensei em compartilhar com vocês o meu sonho de infância. E não é que no sábado ao meio dia, quando eu estava em casa, após chegar da Igreja, recebi um presente. Uma das pessoas que tinha ouvido a conversa entrou em minha casa com uma vasilha de doce de goiaba com arroz, feijão e um pouco de verduras e me entregou o meu almoço. Rimos muito, e essa foi a minha refeição.

Eu sei, o tempo não volta mais. Mas os nossos sonhos e a nossa felicidade poderiam continuar a ser simples assim. Há muito que eu não tinha um dia tão feliz.

Na Real

Ainda lembro do barulho que fazia o ICQ, que parece significar em Português, "Eu Procuro Você". Era algo como "ou, ouuu...". E foi assim que passei muito tempo na minha juventude. Com este som em minha mente. Ao lembrar do barulhinho, eu também lembrava daquela garota de cabelos longos e ondulados que se comunicava comigo através do programa de mensagens na internet. Se fosse hoje, teríamos o WhatsApp, que envia mensagens instantâneas. Além de mensagens de texto, os usuários podem enviar imagens e vídeos. Uma revolução na comunicação. Mas como já falei, o nosso tempo era outro.

Eu acho que foram as trocas de mensagens que me fizeram descobrir que algo diferente estava acontecendo dentro de mim. Eu comecei a esperar que o som fosse emitido pelo computador, mas de uma hora para outra, ele começou a ficar mais escasso. E, todo homem sabe, quando o corpo esquenta e a cabeça não para de pensar na mesma pessoa, acredite amigo, é a paixão que tomou conta do seu coração. Eu sei, você pode pensar que tudo isso vai passar, mas demora bastante e o melhor é se entregar de uma vez. Mesmo que não tenha a mínima possibilidade desse amor acontecer a dois.

Eu cheguei a passar horas em frente ao computador, o velho 236, esperando uma mensagem dela, que nunca vinha. Mas um dia, sem mais ter esperança de que ele pudesse compreender o amor que eu sentia por ela, mandei uma mensagem:

– Tô quase desistindo de você.

Vocês sabem qual foi a resposta dela? O silêncio! E foi tão ensurdecedor, que daquele dia em diante, eu decidi não mais dirigir a minha palavra àquela garota. Apaguei o meu ICQ. Sai de todas as páginas e grupos de conversas na internet. Bloqueei tudo que fizesse referência a ela. Foi o caminho que enxerguei para apagar de vez da minha mente o que não me deixava mais tranquilo.

Há poucos dias atrás, eu fui à feira comprar bananas. É que tenho problema de câimbras e dizem que elas fazem um bem danado. Lá encontrei a garota da minha infância. Ela estava em uma das bancas. Fui até lá e pedi uma dúzia. Ela, ao ouvir a voz, dirigiu seu olhar para mim. Confesso a vocês que até agora estou em dúvidas, se era ódio ou amor o que vinha daquele rosto. Eu não tive coragem de perguntar a ela. E não sei o porquê, vindo dela, daquele olhar. O certo é que, até hoje, estou distante de tudo o que possa me ligar a alguém por redes sociais ou meios de comunicação. Prefiro viver na real aquilo que no virtual não passou de uma fantasia.

Hoje eu estou meio indisposto, acho que depois de jogar durante toda a manhã deste domingo, com os meus amigos lá do Baba da Gelosa, vou chegar em casa e cair naquela esteira que fica na sala. Nem se preocupe, antes vou jogar uma água no corpo aqui mesmo no chuveiro coletivo. Tomara que ao chegar lá em casa, minha esposa já tenha terminado o almoço. Hoje é dia da galinha, assada, cozida, grelhada... Ela pega as receitas naquele programa da manhã que passa na televisão. Sim, ela assiste a todos, todos os dias. Deve ter uns três cadernos com receitas de tudo o que é jeito.

Um dia, encontrei um em cima da mesa da cozinha e comecei a ler. Tinha receitas de camarão, polvo, arraia e de tudo o que se refere aos chamados frutos do mar.

Outra coisa, eu não entendo isso de chamar de frutos do mar. Se eles não são plantados.

Voltando. Por que danado ela pega este monte de receita se nunca conseguimos comer nada do que está escrito ali? Ela me fala que não posso pensar assim e que um dia as coisas podem melhorar.

Mulher é o bicho mais parecido com gente de que se tem notícia. Vive sonhando com Jeanequine, mas termina sempre com o Pato Donald.

O cheiro da galinha está maravilhoso.

– Os meninos já comeram. Fala com voz de veludo o meu Bebê.

Emendo uma pergunta:

– Você, meu amor?

– Tu achas que eu vou ficar aqui esperando você chegar, todo suado e com cheiro de macaco? Ela tem uma forma carinhosa de declarar o seu amor por mim.

Não vá pensando que é raiva o que ela tem. Está só querendo chamar a minha atenção. Logo hoje, que estou esgotado e não posso dar um pouco de carinho a ela.

Fui até o muro colocar meu tênis. Depois de cada jogo, o melhor é botar o bicho no sol. Para garantir que o cheiro não vá incensar a casa, Ela não gosta. Já tinham se passado uns dois meses desde que ela decidiu que não iria lavar mais eles. Como eu não sei fazer isso, arranjei esta alternativa. Muito sol que o cheiro passa. Vai ficando no muro até o próximo domingo.

– Nega, coloca minha comida aí, por favor.

– Se mecha. Você não tá morto. Hoje, ela não está muito bem.

Peguei o prato. Ainda não falei a você que gosto mesmo é de prato fundo. Eu coloco tudo de uma só vez que é pra não ter trabalho de tá levantando toda hora para pegar algo. Coloquei meu feijão de corda. Hoje a coisa tá boa. Tinha saído o adiantamento do décimo terceiro. O arroz está como eu gosto bem soltinho. É melhor eu colocar logo a galinha e o molho. Depois coloco a verdura.

– O que é isto aqui, cadê a galinha que você colocou na panela?

– Tá tudo aí! Os meninos comeram e eu também. O que tem aí é todo seu.

– Certo. Isto eu entendo. Agora só sobraram os pés da penosa!

– Você já sabe como seus filhos são. E quem manda você não estar em casa na hora do almoço?

Aquela é uma hora em que o arrependimento bate na cabeça e o camarada se pergunta.

– O que merda eu fui fazer naquele Babá? Mas não tem nada não. O dia não está perdido. Assim que os meninos saírem de casa, eu me deito na sala e não tem pra ninguém hoje. Vai ser uma dormida daquelas.

Uma hora depois, me livrei dos meninos dando dinheiro para eles irem ao cinema. Estou em minha casa e ainda tenho que pagar para dormir. Já deitado e com o ventilador girando para diminuir o calor, peço à Nega para ligar a TV.

– Hoje é domingo homem, nem neste dia tu não pode ficar sem ver televisão? Reclama ela.

– É só mania, Nega. Se você não quiser, não ligue.

Acho que ela ficou um pouco com raiva. Ligou o aparelho e sentou ao meu lado, calada. De sua boca, não saía nenhum som. Depois de alguns minutos isto me incomodou e eu perguntei:

– Você ficou chateada mulher?

– Não! Respondeu ela.

– E o que é que tu tá aí calada e não fala nada?

– Tô te olhando. Tô de olho em você!

– Em mim. E o que danado de errado eu fiz?

– Nada!

– Se não fiz nada. Do que você então está reclamando?

– É disto que estou reclamando. Você não me procura mais. Eu fico aqui em casa sozinha com esses meninos e você, quando não está no trabalho, é com aqueles vagabundos jogando bola.

– Pera lá. Se tu tá chamando eles de vagabundo é porque eu também sou um.

– Não é disso que estou falando.

– E do que é, então? Desenrola.

– Eu quero carinho. Toda mulher sente necessidade de um homem e você só vive cansado.

– E tu queria o quê? Trabalho a semana toda naquela zorra de serviço. Saio às 4h da manhã. Pego duas conduções. E ainda tenho que aguentar aquele cara que é o meu chefe a me perturbar. Agora vem você com essas ideias aí.

– Só estou querendo um pouco de carinho da sua parte!

– Tá, vou pensar. Mas agora, estou morto de cansaço. Deixa eu tirar uma soneca e depois a gente resolve este problema.

Não sei se ela entendeu o que estava dizendo, o certo é que depois deste papo educativo, consegui dormir o resto do dia. Ela não me procurou e eu não precisei falar novamente que não estava disposto.

Acho que vou ter que parar de trabalhar tanto. Isto pode estar atingindo a minha masculinidade. O serviço, eu posso até diminuir, agora o Baba, isto não adianta ela me pedir. É o único dia que tenho para o meu lazer. Se eu não sou duro, ela pisa no meu pescoço e vai querer que eu faça tudo na hora que ela quer. Pois bem. À noite, eu vou dar carinho a ela, que é para ela não ficar chateada comigo. O homem é assim. Mesmo não estando disposto, vai lá e comparece. Se fosse uma mulher?

Vá entender elas.

O Meu Amor Era Jovem

Eu hoje lembrei do dia em que tive as primeiras sensações masculinas. Isto mesmo! Nem a idade me fez esquecer aquele dia. Tudo isto por causa de uma conversa com uma amiga de infância. Ela me disse que eu também fui o primeiro "homem" em sua vida. Vou avisando a vocês, nem adianta terem pensamentos pervertidos. Aquilo lá foi coisa de criança. E mesmo ela tendo aparecido agora, confesso que o tempo já passou para nós.

Ela me conta que ainda pensa em mim, e eu explico que eu lhe serei grato eternamente por aqueles momentos. Eu tinha 15 anos e ela 13. Estudávamos na mesma escola. E quando ela passava perto de mim, eu a olhava tanto, diz ela agora, que a constrangia. Mas nós somos assim mesmo. Quando queremos nos envolver emocionalmente, mesmo sendo pela primeira vez na vida, vamos ao encontro. Eu a via com aquelas meninas. Eram quatro garotas que sempre estavam juntas com ela. Amigas inseparáveis naqueles dias. Uma delas, a Maria, era minha vizinha. E me contara outras vezes que Alicia estava me paquerando. Mas eu envergonhado que sou, ficava mesmo era a olhar fixamente em seus olhos quando por mim passava.

Um dia, em meados de fevereiro daquele ano, eu recebi um recado de que Alicia queria me ver. Confesso que minhas pernas tremeram. Eu é que deveria fazer o convite e não ela. Ou estou errado meu povo? Onde já se viu uma menina, com 13 anos, tomar a iniciativa? Mas não me fiz de abelhudo e disse que iria, e fui.

Sabe o que ela me disse hoje? Que aquele lindo dia, para mim, também teria sido o primeiro dia em que beijou um garoto. Oba! E esse cara fui eu.

Me falou também que foram as primeiras sensações que seu corpo sentiu. Eu nem percebi que tudo aquilo tinha marcado a vida daquela garota durante tanto tempo, e que depois de vários anos, isto ainda marcava a sua vida. As palavras dela me comoveram, eu confesso. Saber que seu corpo teve transformações que nunca antes ela teria sentido. Que ao retornar ao colégio, percebeu que suas partes íntimas estavam molhadas e que – nem riam, ela era só uma garota, assim como eu – pensou que estava grávida. Me disse sorrindo, hoje, que ficou com tanto medo que conversou com suas amigas sobre o assunto. E a minha vizinha. Eu sempre achei aquela garota pra frente. Teria perguntado se eu teria penetrado a vagina dela. Com a recusa na informação. E ao afirmar que a única coisa que aconteceu foi um beijo. Todas as outras amigas riram muito e disseram que ela não se preocupasse com o fato. Foram descobertas da nossa infância. Acho que ao lembrar de tudo aquilo, eu gostaria de reviver cada momento com ela.

Mas nada é perfeito! Isso mesmo. Tendo ela lembrado do beijo, também disse que eu a teria mordido os seus lábios com tanta força, que sua boca ficou cortada e teria sofrido durante vários dias. Nessa hora, eu fiquei com vergonha ao ouvir. Não disse a ela que aquele também foi o meu primeiro beijo. E eu lá sabia o que era beijar? Pensei, na hora, que o certo era morder. Só descobri como era muitos anos depois. Mas esta é uma outra história a ser contada depois.

Nós namoramos durante alguns anos. Eu vim morar em Glória, no estado de Sergipe, e ela continuou morando em Paulo Afonso, na Bahia. Nos víamos quase todos os finais de semana, feriados e férias. Eu terminei fazendo amizade com os pais dela. A confiança era tanta que em uma dessas férias eu fiquei hospedado na casa da família dela. Era um quarto de visitas, onde eu passava os dias por lá. Ela tem duas irmãs, e era neste quesito que as coisas emperravam. Com os anos de namoro com Alicia, nós construímos uma intimidade. E meus caros e despretensiosos leitores masculinos. Mesmo tendo nos tocado. Feito carinhos, que cada um sabe do que estou falando.

Abrindo um espaço para falar sobre isto: a juventude não volta mais, e eu era feliz e não sabia.

Tocar o corpo dela, e ser o primeiro homem a sentir o quão quente e fervente ele se transformava, era ter a mesma sensação que Armstrong teve ao pisar na Lua. Se é que ele foi mesmo lá. Pois! As danadas das irmãs estudavam na parte da manhã. O pai trabalhava, mas naqueles dias, resolveu tirar férias. A mãe estava trabalhando, mas todo o meio-dia vinha almoçar. Estou falando tudo isso só para dizer que a primeira semana eu quase que quebro a mão, de tanto usar quando ia ao banheiro. Imagine você, que está aí com a mente criando todo o ambiente em que a história é narrada e não tá conseguindo ficar quieto. E eu que planejei que era naquelas férias, ou... Ou nada! Era um sofrimento arretado.

Mas para tudo o que queremos, as chances aparecem. Basta esperar e persistir. Em um sábado pela manhã, eu acordo com Alicia ao meu lado, me beijando carinhosamente.

– Cadê seus pais?

Foi a única coisa que me veio à mente naquela hora. E em seguida emendei...

– E suas irmãs?

Ela com um sorriso no rosto me disse:

– Meus pais foram à feira, fazer compras, e minhas irmãs foram fazer um trabalho escolar na casa de amigas.

Meus amigos. Eu levantei, já com a cara de quem tava com a fome da Etiópia. Beijei-a e fui correspondido. Fui ao banheiro, lavei o rosto, escovei os dentes. Foi a mais rápida escovação que alguém já deve ter feito. Se eu tivesse gravado, poderia estar no livro dos recordes. Mas o que não saía da cabeça era que chegara o grande momento de nossas vidas. Voltei para a cama e ela continuava sentada lá. Eu achava que iria encontrar ela deitada me esperando, mas... Ela sorrindo ao me ver fazer tudo aquilo às pressas, me pegou pelo braço e me tascou um beijo. Neste, eu não cortei a boca dela. Assim..., ela me disse hoje. Nos envolvemos em carinhos. Os mais lindos que lembro depois que chegamos à juventude. Com ela, tudo sempre foi maravilhoso.

Depois de tirar sua blusa. Ela com medo de alguém voltar. Beijar sua boca carnuda. Retirar sua minúscula bermuda. Com carinho, retirar seu sutiã. E finalmente, aquela calcinha branca de renda. Eu a deitei na cama com carinho. Beijei seu corpo inteiro. Desci até seu sexo e o beijei com tanta vontade e tesão, que ao olhar para o rosto de Alicia, percebi que ela se derramava em prazer. Ela se contorcia, e isto me fazia ter mais desejos. Com minha língua, penetrei pela primeira vez o que eu mais desejava naqueles dias. Ela fez um sussurro de prazer. Pegou o meu rosto e o puxou ao encontro do seu. Me beijou com tanto amor que eu a abracei e deitei meu corpo sobre o dela. Ela então abriu suas pernas, pegou o órgão sexual e, com dificuldades, pois era a nossa primeira vez, o introduziu. Naquele momento, eu senti uma mistura de adrenalina, meu corpo ardia em fogo, meu coração palpitava descompassado, mas eu, com carinho, fui devagar. Devagar, sim! Certo, tá bom! Eu passei uns longos minutos tentando acertar. Nem adianta rir. Todos nós devemos ter passado por isso um dia. Confesso, mais uma vez, que não consegui penetrar o meu amor daquela forma. Foi então que ela teve a ideia de sentar sobre meu corpo e sobre o meu pênis. Ela olhava o meu rosto. Sorria e demonstrava preocupação. E depois de várias tentativas e dores, eu senti pela primeira vez em minha vida o que é a sensação de penetrar uma mulher. E fazer dela essa mulher que é hoje. Nós ficamos durante algum tempo naquela posição. Nos amamos como dois adultos desejosos, mas éramos dois jovens ávidos por amor, por sexo, por prazer.

Ela, ao se despedir hoje de mim, pois estava retornando para a sua cidade, me olhou nos olhos como nos bons tempos em que namoramos, sorriu um sorriso diferente, de quem lembrava de tudo o que nós tínhamos passado juntos. Ao lembrar de tudo isso hoje, me deu uma vontade danada de convidar ela para revivermos aquele dia. Mas tive medo. Eu sou um homem medroso e o melhor é deixar a vida seguir, cada um a sua maneira.

O Que Você Está Fazendo No Sofá?

Desde as manifestações de 2015 pelo impeachment da Presidenta Dilma Rousseff, não se via tamanha apatia na sociedade brasileira. Naqueles dias, a grande imprensa fazia o maior esforço para botar gente nas ruas. Rádios transmitiam ao vivo tudo o que acontecia. Narravam fatos, que ninguém via, mas seus locutores floreavam a imaginação de quem estava a ouvir. Redes de televisão tiravam sua programação do ar e lá estavam seus principais jornalistas. No primeiro momento, entre os manifestantes. Mas com o aumento no número de pessoas, foram expulsos e ficaram no topo de prédios, escondidos e com medo. O "gigante" tinha sido acordado e já não se podia mais controlá-lo.

Contaminado, o Brasil via na imprensa o golpe ser consolidado em uma quarta-feira, 31 de agosto de 2016, no Senado Federal. Estava tudo dominado e o enredo estava cumprido. Para aqueles que foram às ruas, o país estava livre dos vermelhos (petistas) e teria um crescimento que o deus mercado preconizava. Mas o que se viu não foi isso.

Com a chegada de Temer ao poder, começaram a aparecer as histórias do submundo do golpe. Imagens de malas sendo transportadas de um lado para o outro. Gravações em que o novo presidente tramava calar pessoas através da compra do silêncio. Até caixas repletas de dinheiro foram encontradas em um apartamento na cidade de Salvador, na Bahia, guardadas por um dos seus principais assessores, Geddel Vieira Lima.

Tudo acontecendo e ninguém reclamando. Ninguém sendo convocado para ir às ruas protestar. Nenhum barulho de panelas nas noites das cidades. O povo está calado!

A imagem que me vem à mente é a de uma família brasileira sentada em um sofá, na sala da casa, olhando a TV, a mãe na cozinha chamando a todos para jantar e a única coisa que se ouve é o som do aparelho em qualquer novela de qualquer canal. Insistentemente, ela chama e nenhuma resposta se ouve.

Nesse clima, Temer vai vendendo o patrimônio público, dando isenções de tributos às grandes empresas, perdoando dívidas de empresários, entregando as riquezas naturais e comprando deputados para permanecer no cargo até dezembro de 2018.

Esse comodismo da sala de casa e o silêncio da sociedade nos vai custar muito caro!

O Sono Do Inocente

Já era tarde da noite quando ele resolveu deitar. Seu corpo cansado de um dia de trabalho estafante. Passou nove horas na pedreira produzindo britas com a marreta em sua mão. Calejadas e feridas. Ele tinha o olho esquerdo com a visão quase perdida. Um dia, uma lasca de pedra atingiu seu olho e o deixou quase cego.

Ele deitou em sua cama com seu colchão de palha. Já tentou comprar outro, mas nunca conseguiu juntar o dinheiro necessário. Olhou de lado, como se buscasse alguém. Sua esposa o abandonou. Não aguentou a vida sofrida que levava. Puxou o lençol feito de retalhos de tecidos que dava um colorido naquele mundo cinza. Percebeu novamente que estava só e deitou a sua cabeça no travesseiro. Um conforto nas noites de sono profundo.

Apagou a luz. Mesmo deitado, rezou a Deus pedindo dias melhores. Fez o sinal da cruz e antes de adormecer, ficou durante algum tempo olhando para o teto do quarto. Olhava uma fresta de luz que penetrava por entre as telhas. Vinha do poste que fica em frente à sua casa. Adormeceu!

E em menos de cinco minutos, puxou o lençol para cobrir até a cabeça. Só parte do rosto ficou descoberto. Segundos depois, virou o rosto para o outro lado. Estava incomodado. Seu sono estava sendo interrompido. De repente, deu um tapa em seu próprio rosto. E outro. E outro.

Levantou e acendeu a luz. Ficou olhando de um lado para o outro. Ele buscava algo que não se via. Foi até o canto do quarto. Olhou para um ponto específico. Fez gestos com as mãos, como se estivesse tentando matar algo. Parou. Olhou para as roupas penduradas em um fio de náilon que ia de um lado a outro do quarto. Era o seu guarda-roupas. Foi até elas, bateu com as mãos, mas nada acontecia. Percebendo que nada encontrara, voltou à cama e deitou novamente.

Nem tinha fechado os olhos e novamente parecia incomodado com algo. Já tinha se passado muito tempo. E tempo de sono perdido para ele era garantia de sofrimento no dia seguinte. A noite mal dormida resultaria em maior cansaço e sofrimento no sol escaldante do sertão nordestino. E o resultado seria a menor produção de brita e menos dinheiro no final da semana. Quando o patrão fazia os pagamentos depois de somar as carradas que foram produzidas.

Deitou e dessa vez não cobriu o corpo. Ficou só de cueca. Parecia pronto para uma briga imaginária. Com um opositor invisível. Olhos abertos, à espreita da chegada de algo. Esperou por alguns minutos e nada aconteceu dessa vez. Puxou novamente o lençol e se cobriu. No rosto, a certeza de que o sono viria e descansaria seu corpo.

Sua cabeça mexeu depois de uns dois minutos. Ao longe, se ouviu o barulho de um tapa no rosto. Levantou com raiva, foi até o banheiro. Abriu a torneira. Olhou para as mãos. Deteve o olhar na palma da mão esquerda. Em seguida, a colocou na água que jorrava e exclamou: morra, miserá, vai agoniar a puta que te pariu com esse zumbido do caralho em meu ouvido. Vai agora fazer barulho no inferno desgraça. Agora posso dormir em paz!

Lavou as mãos. Enxugou na pequena toalha que estava no braço da cadeira na sala. Retornou para a cama e teve a certeza de que a noite, agora, seria de sono profundo. Ele matou a muriçoca que o incomodara até ele perder a paciência.

Se enrolou novamente e deitou a cabeça. O sono chegou. Amanhã, o dia seria de trabalho e sem cansaço. Era tudo o que ele desejava a cada manhã.

Luzes apagadas. Som de carro distante. Nada mais o incomodava. De repente, ele puxa o lençol e cobre novamente a cabeça para em seguida virar de um lado para o outro...

Um Amor Em Cada Esquina

Tem dias que eu sinto que me falta a juventude. Nestes momentos, eu me lembro das namoradas que tive e como era lindo o amor juvenil. Para quem não me conheceu ainda, eu era uma rapaz magro, andava de chinelo de couro lap-lap, com uma camiseta de uma manga só e tinha uma vasta cabeleira, que, em alguns momentos da minha vida, chegou bem perto da bunda. Naquele tempo, se me perguntar a idade eu mando ir pra zorra, arrumar namorada era uma coisa linda. Mas lindo foi quando tive duas namoradas ao mesmo tempo. E por mais incrível que possa parecer, elas eram irmãs e sabiam dividir o lindão aqui.

Era muito comum ver gente nova chegando para morar na rua em que vivo até hoje. A construção da barragem da PA IV – Paulo Afonso IV tinha começado, e muitas famílias vinham em busca de emprego. E como as obras ficavam perto da casa dos meus pais, muitas destas preferiam estar próximas.

Foi em uma das vindas que eu conheci as irmãs, Amélia e Leide. Confesso que foi amor à primeira vista. Neste caso, à primeira visão, eu vi as duas no mesmo momento. O belo aqui, que sempre ficou na esquina, sentado na calçada e vendo as garotas que passavam, indo e vindo do Colégio Sete de Setembro, agora tinha outro objetivo, que era o de conquistar uma das duas e namorar.

O tempo passou, e nestes momentos, confesso que demora é coisa dolorida. Por que o amor tem que fazer sofrer? Me enturmei com elas, fui devagarinho, mais parecendo um mineirinho, e me aproximei primeiro da Amélia. Ela era a mais parecida comigo. Tinha vontades e não escondia isso. Já Leide era mais recatada, vivia por perto, dava toda a pinta de que também tinha interesse, mas quando eu me aproximava, ela fugia. Típico das mulheres quando querem chamar a atenção para elas. E não é que a danada fez isto acontecer, e eu que já estava nas primeiras investidas em Amélia resolvi mudar de foco e parti em busca da irmã? Elas acham que nós nunca sabemos o que queremos. Estão erradas. Nós queremos todas. Não entendem que o coração de um homem é tão grande que é pequeno para uma só mulher ocupar.

Mas nem tudo que o coração programa sai conforme ele quer. A danada da Leide, que também disse querer, resolveu que era a sua irmã quem deveria me ter. Eu então fui à Amélia e falei o que acontecia, mostrei que o certo era nós três ficarmos juntos. Eu queria mesmo era as duas. A Amélia foi até sua irmã e firmaram um acordo arretado. Um dia eu ficava com uma, no outro a outra ficava comigo. Tava indo tudo certo, não havia ciúme entre elas. Todos os amigos sabiam, só não a família delas.

Conversa vai, conversa vem. Um dia, eu estava aos beijos com Leide e a danada da Amélia apareceu. Isto não estava no combinado. E como disse o poeta, o combinado é para ser acatado. Mas a primeira, enciumada, e ela não tinha razão, resolveu que daquele dia em diante não mais queria me ver. Fiquei triste em casa, que agora só a Leide tinha para ver.

O ciúme de Amélia foi tão grande, que um dia deu para perceber a todos e me apareceu o pai dela na casa dos meus pais. Ele informou o que vinha acontecendo. Disse que eu teria tirado ousadia com suas filhas e que daquele dia em diante, se eu novamente fizesse, ele então me caparia. Ouvir daquela boca a promessa de me deixar como um eunuco me fez refletir por muitos dias, o que eu deveria fazer. Mesmo jovem e apaixonado pelas duas, eu tinha mais amor pela minha vida. Mais ainda pelas duas bolinhas, que anos mais tarde me ajudaram a montar minha família. Hoje, eu tenho seis filhos. Flávio, Ulisses, Iury, Caio, Lis e Lara que são meus grandes amores.

Amélia e Leide ainda estão vivas. Moram na mesma cidade que eu. Às vezes, passo por elas e me dá uma saudade dos tempos em que um beijo na boca era a prova de um grande amor. Hoje, as mulheres pioraram. Só sabem pedir carinho. Reclamam de tudo na vida. E não percebem que nós, os homens, quando arrumamos algum amor nas esquinas, é só uma forma de dar muito amor e carinho àquelas que sozinhas, não teriam uma chance de conhecer o que é o amor e o homem ideal.

Um Conto No Quarto

Deitados na cama, ela de súbito pediu:

– Vamos fazer um conto?

Surpreso, ri ao ouvir ela pedir para abrir o Word. Eu nunca tinha escrito algo assim. E para deixar a situação mais engraçada, ela me pede para tabular o texto.

– Margem esquerda, 3.

Foi o primeiro desentendimento para que o conto fosse feito a quatro mãos. Claro que só eu escrevia e ela ficava calada. Vez ou outra dava um pitaco. E qualquer movimento dela eu ia interpretando e colocando no texto.

– Esse conto, com só você escrevendo, vai sair do jeito que você quer. Não está engraçado. Assim, não tem como publicar.

E eu rolando de rir com a situação. E ela reclamando ao meu pé do ouvido. E foi aí que eu resolvi continuar escrevendo sozinho. Lembrei do dia em que comprei umas flores, a pedido de um amigo, para levar a sua paquera. Ela ficou sabendo disso.

Você, amigo, já deve ter sido cobrado por nunca ter dado um buquê de flores a ela.

– Nenhuma flor você me deu, imagina um buquê!

Eu não sei por que "cabrunco" a mulher, de uma hora para outra, do nada, como se tivesse tido um estalo na cabeça, resolve falar que nunca recebeu flores na vida. E a conversa, rapaz, é enjoada. Começa pela manhã, logo que você acorda, vai durante a tarde como se fosse um LP arranhado e entra pela noite. Até que o pobre coitado já esgotado e sem paciência resolve dizer.

– Pelo amor de Deus, como uma praga de uma flor vai conseguir te deixar ainda mais feliz?

E ela começa a botar a cara de quem não está gostando do rumo que a conversa começa a tomar.

– Todo marido que quer agradar a mulher dá flores a ela.

Nesse momento, passam como um relâmpago imagens de milhares de amigos, dos da infância, até os atuais, e eu não me lembro de um único que tenha feito o gesto que ela tanto insiste em afirmar.

– Tá faltando comida em casa?

– Não!

– Os meninos estão sem roupas?

– Não!

As contas, água, luz, telefone, internet, mercado, o escambau estão atrasadas?

– Claro que não!

– Então, me diz por que uma zorra de uma flor é mais importante do que o nosso amor?

Ela olha, já com lágrimas nos olhos, e sapeca de lá:

– Você é um insensível, não sabe agradar a mulher que tem.

Duas horas depois e, mesmo eu tendo entrado no banheiro, sentado na mesa e jantado, visto o jornal na TV, só quando começa a novela é que ela se cala. Mas antes ainda diz:

– É por isso que hoje em dia os casamentos estão se acabando.

Ela senta para ver a novela e o silêncio surge no ambiente. Bem que deveria ter um canal 24 horas só com novelas.

Eu nunca vou compreender as mulheres. Elas se apegam a cada coisa. E não percebem que o amor que existe dentro dos homens é muito mais forte que a morte de uma flor para satisfazer uma sensação de felicidade momentânea e passageira. O Homem ama. Simples assim. Sem precisar de penduricalhos para viver intensamente o seu sentimento. O amor de um homem por sua mulher é puro. Mas quando ele se azoa...

Terminei de escrever. Olhei para o relógio, vi que já estava chegando a meia-noite. Desliguei o notebook, fiz minhas orações agradecendo a Deus por mais um dia e pedindo por familiares e amigos. Deitei e dormi o sono dos anjos.

Um Par De Tênis E Uma Toalha

Elas são mesmo pessoas incompreensivas. Ontem, ao chegar à minha casa feliz da vida por ter ganhado uma partida de cartas – já tinha meses que eu só perdia – falastrão que só eu, fui logo contando as minhas vantagens e como tinha feito para levar aquela partida tão estafante.

– Hoje, arrebentei! Não teve pra ninguém. Ao mesmo tempo em que narrava minha façanha, ia retirando aquele tênis que depois de muito tempo no meu pé já estava machucando. Fiquei pensando um pouco. Há quanto tempo estou com este All Star na família.

– Isto mesmo. Depois de anos, o calçado já começa a ocupar um espaço em sua vida.

Silêncio na sala e olhos fixos a me admirar.

Sinto que não posso cometer mais erros com essa mulher, não é justo. Essa mulher que tanto me ama e que eu tanto amo e quero para toda a minha vida não merece que eu a magoe.

– Hoje, estou muito mais sentimental, caro (a) leitor (a). Um carro que para na frente da casa toca uma música brega que me toca fundo no peito. Estes momentos são de felicidade plena.

– Tá bom! Já bajulei muito ela, vai parecer meloso demais. Voltando ao assunto. Aquele tênis na sala não me parecia ser um objeto que pudesse causar tantos transtornos à minha querida amada. Mas o danado é que ela parecia não gostar daquele ato e resolveu que, naquele dia, iria despejar suas mágoas em cima de mim. Se eu tivesse antes imaginado no que iria dar, não teria deixado o objeto na sala.

– Pra onde você pensa que vai? Ouvi aquela voz atrás de mim e me virei assustado com o tom que ela emitia. Grave e poderosa. Nunca antes tinha ouvido a voz daquela mulher tão firme assim. Parei diante daquele pequeno corredor que levava da sala aos quartos e seguia até a cozinha que levava ao pequeno muro onde tinha um pé de azeitona roxa. Foram segundos que mais pareciam minutos.

– O que foi, querida?

– O que foi? Você está pensando que eu sou sua escrava, é? Posso jurar! Eu nunca tinha pensado nesta possibilidade ou mesmo que ela pudesse estar se sentindo assim.

– O quê? Não estou entendendo nada! Me fala o que foi que eu fiz!

– Você não faz nada, é um santo!

– Eu?

– Sim. Você mesmo. Todos os dias, é a mesma coisa. Ao falar aquilo eu vi que ela passou por mim como um raio.

– Dá para me falar o que está acontecendo aqui?

Aumentei o tom da minha voz para tentar me equiparar a ela. Sei lá o que vem de lá. O que ela descobriu, e por via das dúvidas, vou para o ataque. Ela olhou para mim e até hoje, não sei o que danado aconteceu naquela noite, mesmo depois que recebi a toalha das mãos do meu amor.

Uma Noite Brega

Eu tinha chegado durante a tarde naquela cidade. Me deparei com uma tarefa das mais dolorosas das que costumo passar. Ir a uma festa de São Pedro e ouvir um artista que não é nordestino cantando música brega. Não sei o porquê da contratação desses artistas durante os festejos juninos, mas parece que virou moda nas cidades de médio porte que realizam festas juninas. Lá pelas 21h, eu estava diante do portão de entrada e era espremido pela multidão que queria entrar. Eu seguia os passos de um casal de amigos. Pisávamos na lama, o que já era sinal de que aquela noite seria uma tortura.

A área tinha uma quadra de esportes que ficava coberta. Vocês imaginam que quando a chuva começava e isto ocorreu durante boa parte da noite, aquela multidão tinha a mesma ideia, se amparar debaixo da cobertura.

Os meus amigos tinham marcado um local para encontrar seus amigos. Ficava encostado em uma coluna que dava sustentação à bendita cobertura da quadra. O que eu não poderia imaginar era que naquele local...

Pausa.

Lembram daquela frase... "a terra tem não sei quantos quilômetros. O Brasil tem lá seus... metros." Você sabe do que estou falando.

Pois não é que bem atrás de onde ficamos, tinha duas garotas em cima de um banco de plástico, tipo tamborete, a gritar feito duas malucas pelo tal do cantor de brega. A cada música, a cada gesto do cara, eu tinha que aguentar aqueles gritos ensurdecedores. Meu grande erro foi demonstrar que não estava gostando do que estava acontecendo. Não sei se por pura birra, mas a verdade é que surgiram mais umas três garotas a gritar. Era o coral mais desafinado, mais chato, mais...

Tá bom, ou vou cansar vocês. Mas que doía, isso doía nos ouvidos.

Para completar a cena, as garotas estavam bebendo feito loucas. Mais parecia que o mundo estava para acabar e que tinham que beber todas naquela noite.

Duas horas e meia depois, quando eu já não aguentava mais aqueles gritos e pensava em ir embora, os gritos diminuíram. Aquela música chata já não incomodava mais. Meus ouvidos tinham se acostumado.

Vinte minutos depois, os gritos já me faziam falta.

Foi aí que descobri através de uma das meninas que restaram que as duas vocalistas que estavam em cima do banco estavam bêbadas em uma barraca. Dando o maior vexame.

Como sempre, lá estava eu a procurar confusão.

– Quer levar ela para casa? Pergunto eu.

– Você faria isto? Indaga uma das garotas.

– Claro que sim! Sempre à disposição, lá estava eu caindo em mais uma.

Fui até a barraca com a garota e ao chegar lá, encontrei as duas, uma deitada no colo da outra e as duas dormindo. Uma cena feia pra zorra. Imagina duas mulheres bêbadas em uma barraca de festa de São Pedro e todos ao redor a rir delas. Bom, isso é cidade do interior.

Até hoje, tenho as fotos que tirei das duas naquela situação.

Pegamos elas pelos braços e quando íamos levando para o carro, não é que elas despertaram? A festa começou a ficar ruim novamente. Os gritos iriam recomeçar. Engano meu. Depois daquela bebedeira, acho que o gás delas acabou. Continuamos na festa, agora mais calma e sem gritos. Até uma dança eu arrisquei com elas. A noite terminou eu indo embora só e elas ficando na festa. Soube depois que ainda permaneceram até as 05h30 da manhã.

Vocês devem estar se perguntando "o que tudo isto tem haver com O AMOR?" é que antes de sair, eu perguntei a uma delas onde aquela garota de cabelos curtos trabalhava.

– No restaurante DA ESQUINA. Falou aquela garota que sempre dava informações quando eu perguntava.

Durante a semana seguinte, todos os dias na parte da tarde, eu ia lá. Comprava sorvete. Almoçava. Bebia refrigerante. De tudo eu fazia para passar por lá. No início eu fazia de conta que não a conhecia. Mas já na quinta-feira, não me contendo e percebendo que ela também deitava uma asa para mim, sapequei:

– Posso te roubar hoje à noite?

Acho que ela não entendeu a cantada! Ou será que foi horrível mesmo?

– Hoje não posso, à noite estarei na escola.

– E quando podemos nos ver?

– Já estamos nos vendo! Direta e no queixo.

Não me senti derrotado naquela luta entre duas pessoas que exalavam sentimentos um pelo outro. Pára de me sacanear. Não vou ficar dizendo aqui que ela não tava nem aí comigo, tenho que enfeitar a coisa para não parecer que estou muito oferecido. Voltando...

– Mas há uma chance de que eu possa te ver? Se não hoje, poderia ser amanhã!

Olhando nos meus olhos. Que lindos olhos os dela. Ela responde:

– Amanhã, pode ser!

Não falei a vocês? Não adianta ter pressa, elas sempre querem. Fazem sempre aquele charme, mas no final, no final, no final... Me apaixonei por aquela garota. Saímos juntos algumas vezes. Ela começou a me chamar de "meu amor". Como todo homem é um velho bobão, eu acreditei nela. Era meu amor prá lá, meu amor prá cá...

Hoje, estou aqui conversando com vocês, solitário que nem um bezerro rejeitado. Com lágrimas nos olhos. Soube, através de uns amigos em comum, que ela está para se casar. Bom para ela e...

Para mim?

Zorra, como esse negócio de amar dói.

Vida Dura, Essa!

Ela não me entende e não vou perder meus dias tentando convencê-la de que não sou um cara que vive andando atrás de outra.

– Eu disse outra? Melhor, outras!

Já tinham decorrido 15 dias que nós tivemos a última briga por causa de ciúmes dela. Revoltei-me naquele momento e entrei em greve. Acho até que foi ela quem começou. Peguei meu lençol e desci as escadas, fui me acomodar no meu velho e amigo sofá. Ali, eu e ele nos tornamos inseparáveis naqueles dias. Sua cor amarela ouro, seu encosto de braço, cada lugar daquele amigão de todas as horas eu já conhecia. Sabia onde podia ou não ringir sua madeira.

Mas depois de tantos dias sem ter contato com minha esposa, eu já estava subindo pelas paredes, agredindo o vento, literalmente. Ela lá no seu canto, impassível, irredutível na sua decisão de castigar seu homem. Passava por mim e o máximo que conseguia dela era um "oi". Durante este longo período, por várias vezes tentei me chegar a ela, mas fui repelido. Se existe uma coisa que elas sabem fazer é nos maltratar. A primeira coisa que fazem é abstinência sexual. Nós, pobres mortais ávidos para dar amor a nossas companheiras, sofremos com isto.

Mas como todo ser humano, eu, que não sou a fina flor da fidelidade, encontrei uma garota que há muito já vinha de olho. Juntando a fome com a vontade de comer, parti para o ataque feito Denner à época em que jogava no Vasco da Gama. Aquela menina linda e maravilhosa tinha só dezenove aninhos. O que eu poderia querer mais em uma hora dessas de desespero? Convidei-a para sair e, qual não foi a minha surpresa, a danada aceitou. Combinamos que no dia seguinte, isso era uma terça-feira, nos encontraríamos às 18h em frente ao Bar Visual, que fica no centro da cidade.

Na tarde daquele dia, eu já estava nervoso e ansioso por tirar aquele peso da consciência. Já não aguentava tantos dias parados sem fazer exercício na horizontal. Encontrei dois velhos amigos de infância, da época da Praça Libanesa, um deles, ao saber o que eu estava passando, me receitou algo que ele me garantiu que era infalível. E eu, com medo de na hora do crime não conseguir ficar de pé, aceitei a solução. Imagine eu com meus quarenta anos de muita luta, estar agora frente a frente com aquela morena bela de cabelos longos e ondulados, cheirando como uma flor. Nada poderia dar errado naquele momento.

Fui até a farmácia e, como quem não queria nada, e meio envergonhado com a situação, esperei que as duas pessoas que estavam sendo atendidas saíssem.

– Boa tarde?

Perguntei eu, sem jeito!

– Boa!

Respondeu o atendente sem levantar a cabeça. Ele estava colocando o dinheiro na máquina registradora.

– Amigo...

Tentei mostrar intimidade para que a situação fosse menos humilhante naquele momento.

– Pois não. O que o senhor deseja mesmo?

Estava dada a oportunidade para que eu pudesse fazer a pergunta.

– O senhor tem...

Minha voz engasgou naquela hora. Porque eu teria que passar por isso nesta fase da idade?

– Pois não. Qual o remédio que o senhor deseja mesmo?

Lá estava ele me torturando novamente com aquela pergunta.

Com a cara de quem estava olhando para as prateleiras da farmácia. Parecia mais um farmacêutico naquela hora. Uma cena desconfortante para mim.

– Acho que não tem o que eu quero!

Ao pronunciar estas palavras fui me retirando e quando já ia chegando à porta de saída, ouvi outra pergunta.

– Senhor, nós não temos o Viagra, mas temos o Promil e o seu efeito é mais forte que o outro.

Pronto, lá estava eu com as pernas bambas de vergonha.

– Não se preocupe, é comum as pessoas virem aqui e não saberem como pedir este tipo de medicamento. O que estou lhe mostrando tem o efeito duas vezes superior ao da marca mais famosa.

– Verdade?

Lá estava eu com minha cara lisa e com um sorriso no rosto.

– Então, me dê dois desse aí, quero um pra mim e outro para minha esposa. Ela que quer testar, soube por uma amiga que os dois tomando, a coisa melhora.

Nunca entendi o porquê de eu ter mentido naquele momento. Saí direto para o carro, pois já eram 16h40. Passei antes no caixa eletrônico para tirar uma grana para o pagamento do motel. Entrei em uma bodega que fica ao lado e pedi um pouco de água. Se um desses valera por dois do outro, dois desses equivalem a quatro. Tomei os dois. Aí foi o meu segundo erro do dia. O primeiro? Foi ter comprado esses miseráveis de comprimidos.

Já são 18h10 e nada de ela aparecer. Deve ter se atrasado um pouco e a coisa tá começando a fazer efeito.

São 19h e nada daquela bela morena aparecer. O pior, não peguei o número do celular dela para poder ligar caso houvesse um pequeno atraso.

Não consigo mais ficar parado! 21h32 e aquela miserável desapareceu e não me deu nenhuma satisfação do que tenha acontecido. Meu corpo está pegando fogo, minhas veias alteradas, parece que vão explodir, e meu corpo suando feito um condenado à morte. Estou lascado da vida. Sem falar que com a mulher já faz quinze dias e sem realizar meus desejos mais humanos, estou literalmente FUDIDO!

Já sem esperança nenhuma de que algo pudesse acontecer, decidi ir embora, mas antes passei pelo centro da cidade na tentativa de que pudesse encontrar a sacana ou na pior das hipóteses outra que pudesse me aliviar desta situação filha da puta. Nada... Quanto mais eu pensava naquela situação, mais minha moral ficava dura. O tempo passando e eu sem saber como resolver aquela situação em que eu me meti. Mas quem me mandou ouvir a opinião de outras pessoas? Com a situação já à beira da insustentabilidade, aumentei a velocidade do carro em direção à minha casa. Fui entrando como um louco pela sala. Vazia? Não acredito no que está me acontecendo. Subi dois degraus da escada e parei. Se eu for lá, a mulher não vai querer falar comigo. O banheiro foi a solução desta situação humilhante em que me meti. Agredi o azulejo de forma incontável. Quase ouvi uma voz dizendo "de novo, não". Ufa... Joguei água gelada no corpo para poder aliviar aquela dor descomunal. Acho que agora, passa!

Duas horas da manhã e eu me acordo com o moral alto e firme que nem um poste. A impaciência está tomando conta de mim. O jeito é apelar para a minha querida esposa. Dessa vez, subi a escada que leva ao primeiro andar como se fosse um gato, não fiz barulho e fui correndo para o abraço de minha querida, amada, estimada... É sim, naquele momento, eu não me lembrava mais das brigas que ocorreram antes e tinha a certeza de que, se houve alguma, Ela estava certa. Cheguei de mansinho para não assustar a minha querida. Dei uns beijinhos no pescoço dela e vi que seu rosto sorriu. Fui deitando devagar ao seu lado e empurrando seu corpo com o meu. Foi beijo pra todo o lado, carinho demasiado e ela linda me recebeu como uma Vênus que surge das espumas do mar que jorra do meu amor.

– Já estava com saudade de você, querido!

Aquelas palavras eram como música em meus ouvidos, e pode ter certeza, não era pagode, porque isto não é música, é no máximo um barulho ritmado.

Caí em um sono profundo e muito feliz por estar livre daquela tensão que estava me acompanhando.

O dia já estava clareando a janela quando novamente eu acordei de pinto duro. Remédio miserável este que tomei, e fui logo usar os dois, que valem quatro e que me deixaram nesta situação da zorra. Não tem outro jeito, vou ter que partir novamente para a frente de batalha e conquistar meu espaço nesta luta.

Aquela coisa mais linda do mundo ao meu lado na cama e eu sofrendo.

– Querida!

Falei com carinho naquele momento.

– Querida!

Eu já estava quase implorando naquele momento.

– Meu bem!

Agora vai.

– Oi amor, fala...

Nem aqueles cabelos despenteados me assustaram naquele momento. Cheiro pra lá, beijo pra cá...

– O que danado tá acontecendo com tu, homem? Abaixa o fogo...

Se ela soubesse da minha situação, não falaria isso.

– Você tá virado. Voltou com tudo. Sossega um pouco e me deixa dormir...

Nada disso, pensei eu, que estava novamente ávido por amor e desejo feito animal atrás de sua parceira no cio.

– O que tá acontecendo com você, andou bebendo, foi?

Será que ela percebeu algo?

– Não, meu coração. É muita saudade que estava sentindo de você. Eu lá no sofá abandonado e te querendo...

Tinha que soltar essa, porque se não, o que iria explicar a ela? Que aquela outra me deixou? Não.

Depois de um tempo de carinho, quero comunicar que ainda tive forças para ir à batalha e fui novamente um vencedor. Claro que, já exausto, não tive muita força para continuar acordado.

Perdi a hora do trabalho. Acordei às 08h02, assim marcava o relógio de parede. Como Eros, o deus do amor, e que sempre estava em busca da felicidade, lá estava eu. Uma mistura perfeita de Eros e Ares. O amor e a guerra existente dentro de mim para fazer cessar aquela pulsação incontrolável em meu corpo. Quando levantei da cama, estava molhado de suor novamente e feito um soldado dando continência. Naquele momento, percebi que não poderia novamente buscar conforto nos braços de quem me ama. Filho da puta de amigo, sacana de vendedor. Por que eu fui entrar na conversa deles?

Banheiro... Banheiro... Banheiro

Eu tenho que me aliviar né?

Eu via patetagem. Elas assistiam desenho animado.

No ano de 1974 minha mãe resolveu ir a São Paulo, capital. Ela tinha adquirido um box no CEAPA – Centro de Abastecimentos de Paulo Afonso, que na verdade era o local onde dava início a feira grande da cidade. Naquele ano, eu e meus irmãos estávamos agoniando o juízo dela para comprar uma televisão. Era ano de copa do mundo e nós já não aguentávamos de ir ver TV na casa dos vizinhos. Tinha dia que éramos recebidos bem, outros com silêncio e muitos com o povo da casa de cara feia.

Minha mãe viajou de ônibus. E no seu retorno trouxe, para alegria de todos uma Telefunken de 20 polegadas, preto e branco. Nos reunimos todos na sala para às 16h ela ser ligada. Demorou porque alguém teve que vir colocar uma antena pé de galinha. E isso, demorava pra zorra. E na hora marcada, depois de falarmos a todo mundo que tínhamos uma televisão vinda de São Paulo, estávamos nós lá. E o técnico sobe, mexe, desce, mexe, sobe, desce... e nada da imagem aparecer. Tava tudo preto. Foi quando veio a frase:

– Acho que queimou alguma coisa nela. Disse aquele "fi de quenga".

A decepção em meu rosto era tão grande que fui para o quarto e chorei. Estava morrendo de vergonha de todos que ali estavam para ver a "minha TV". E para piorar a situação eu ouvi risos na calçada e gente dizendo:

– Essa aí não presta mais.

No dia seguinte meu pai chamou uma carroça de burro, colocou a bendita da TV nela e fomos todos, como se fosse uma romaria, até a loja do Gaguinho que concertava de tudo que fizesse barulho. Ao chegar lá, eu ainda me lembro, tinha um monte de outros aparelhos encima de umas mesas. Tava na cara que a nossa ia ficar por lá também. E adeus copa do mundo. Mas três dias depois ela estava de volta a casa e agora, funcionando.

Eu então com onze anos de idade gostava mesmo era dos filmes de bang-bang que passava. Assistimos à seleção jogar e ser eliminada.

No ano seguinte eu fui estudar no turno vespertino na Casa da Criança 2. Tive que me adaptar a programação. Todas as manhas eu assistia as patetagens na TV. A que eu mais gostava era da Pantera Cor de Rosa. Que na verdade era cinza escuro e cinza claro. Mas a imaginação corria solta naqueles tempos.

Na escola tinha uma professora, Dona Célia. E estava na mesma sala que eu, sua filha. Eu ficava mordido de raiva porque aquela garota sabia muito mais do que todos os outros dos assuntos dados para estudar.

– Deixa disso. Ela é filha da professora. Deve ser por isso que é mais inteligente do que nós. Sentenciou Roberto. Um amigo naquele ano.

Durante os intervalos das aulas, eu que levava meu exército de soldados e índios tirava tudo da bolsa e ia brincar no pequeno jardim que tinha dentro da sala. O local servia como entrada de ar. Depois de um tempo, a filha da professora e outras meninas foram se chegando. E eu fui gostando. E elas só queriam brincar com os meus brinquedos. E eu fui ouvindo elas. E ouvindo palavras que nunca tinha dito ou ouvindo antes. Eu fui achando interessante estar perto delas.

"Ver o que?", pensei eu. Eu que nunca tinha ouvido antes aquilo, fiquei louco para descobrir o que danado passava na televisão dela que não passava na de casa. Eram tantas perguntas na minha cabeça e uma única certeza. Eu tinha que ir e saber o que danado era aquilo.

Mas tinha um problema. Ninguém tinha me convidado. Como então ir? Decidi colar em Roberto na quinta-feira. Ele tinha sido convidado. E se um convidado convida mil, e o dono da festa coloca mil e um para fora. Eu só me importava chegar lá e descobrir o que era Desenho Animado que elas assistiam.

Fiquei tão grudado em meu amigo e nelas, que foi a primeira vez que percebi que elas olhavam atravessado para mim. Mesmo assim, eu estava decidido. E quando chegou a sexta-feira eu já estava pronto, fazia tempo. Quando terminou a segunda aula, logo que tocou a sineta e vi a turma ir saindo, eu colei junto. Vocês não imaginam o que é uma criança se sentir rejeita e mesmo assim seguir firme. A dor é maior do que ser rejeita e dar meia volta. Mas eu tinha um objetivo traçado. Descobrir o que eu desconhecia.

Chegando na casa. Todos entraram e eu e Roberto ficamos por últimos. Na sala, todas os espaços do sofá estavam ocupados. Tinham umas três almofadas no canto. Olhei e...

– Minha mãe não gosta que peguem as almofadas dela. Disse aquela garota chata.

Sentei ao lado do sofá com os olhos vidrados na TV. Espera o bendito do tal do desenho animado. Mas a programação era igual à que eu já tinha visto lá em casa.

– Vai começar, vai começar... informou a filha da professora.

Eu fiquei em silêncio. Olhando a TV que nem piscava os olhos. Vendo passar uma das histórias da pantera cor de rosa que, também, já tina visto na minha Telefunken. Depois de uns quatro, cinco minutos, eu comecei a olhar o rosto daquelas pessoas com sorrisos que mostravam seus dentes bem tratados. E do meu, não saia um único movimento que indicasse alegria ou felicidade. Esperei terminar aquela primeira parte do desenho e me levantei para anunciar:

– Pessoal, eu já vou. Se eu demorar minha mãe vai ficar preocupada e eu não avisei a ela que viria para cá.

Foi um tal de "tá bom", "ok", "vá lá", e quem nada dissesse alguma coisa, que eu acredito que estavam mesmo todos querendo se verem livres da minha presença naquele local.

Vim pela rua com uma raiva arretada de mim mesmo. Como eu não soube antes que patetagem e desenho animado eram a mesma coisa.

Chegando já perto de casa, fui chamando a todos os amigos e amigas de infância para irem até a minha casa para vermos juntos, desenho animado. A todos que eu falei, a cara mais próxima da realidade que me lembro foi a que bateu os ombros e deixou claro, sem falar nada, "o que danado era isso?"

Eu não me perdoei até hoje de ter que ter passado por tudo aquilo para descobrir que patetagem e desenho animado eram a mesma coisa. A única diferença era o grupo em que eu vivia. Mas que patetagem era bem melhor de se ver, isso era. A turma lá em casa deitava no chão da sala, sentava no sofá e colocava os pés nele. Mesmo levando broca de minha mãe. E quase toda tarde tinha cajuína com pão doce. Isso sim era bom de se viver.

pólen soft 90 g/m²
tipologia minion pro
impresso no outono de 2022